进入黑夜的漫长旅程

Long Day's Journey into Night

【美】尤金·奥尼尔 著
欧阳基 译

奥尼尔
戏剧四种

人民文学出版社

最亲爱的：

我献给你这部剧本的原稿，这部用血和泪写成的、揭示过去的伤心事的剧本。在庆贺幸福的这个日子里，这份礼物似乎是很不合适吧。可是你会谅解的，我愿以此作为颂词，赞扬你给予我的恩爱和体贴，使我怀着爱的信心终于能够面对死去的亲人，写作这部剧本 —— 以深深的怜悯、谅解和宽恕的心情来写蒂龙一家的四个困惑的人。

我心爱的人，过去这十二年对我来说是一段走向光明 —— 走向爱的旅程。你知道我的感激之情以及我的深切的爱！

吉恩

一九四一年七月二十二日

于大道别墅

人物

詹姆斯·蒂龙

玛丽·卡文·蒂龙　　詹姆斯的妻子

小詹姆斯·蒂龙　　他们的长子

埃德蒙·蒂龙　　　他们的幼子

凯思琳　　　　　　女仆

Long Day's Journey
into Night

场景

第一幕

一九一二年八月某天上午八点半,蒂龙家避暑别墅的起居室。

第二幕

第一场　　约莫十二点三刻,场景同前。

第二场　　大约半小时以后,场景同前。

第三幕

那天傍晚六点半左右,场景同前。

第四幕

约莫午夜时分,场景同前。

Long Day's Journey
into Night

第 一 幕

景：一九一二年八月某天上午，詹姆斯·蒂龙家避暑别墅的起居室。

舞台后方入口处有两组挂着门帘的双扇门。右边的那对门通向前客厅，这是一间摆设美观，看上去却不是经常使用的房间；另一对门通向一间阴暗、没有窗户的后客厅，这个房间除了作为客厅通向餐厅的过道外，别无其他用途。在两组双扇门之间靠着墙放着一架小书橱，上面挂着莎士比亚的画像，里面放着巴尔扎克、左拉、司汤达的小说；叔本华、尼采、马克思、恩格斯、克鲁泡特金、麦克斯·史透纳的哲学和社会学著作；易卜生、萧伯纳、斯特林堡的剧本；斯温伯恩、罗塞蒂、王尔德、欧内斯特·道森、吉卜林的诗集；等等。

右边的墙朝后是一扇纱门，通向外面环绕着房子的阳台。再往前有一排三扇窗户，透过庭前草坪望出去是港口和沿着海滨的林荫道。窗户的一侧靠着墙放着一张小藤桌，另外一侧是一张普通的橡木书桌。

左边墙上也有同样的一排窗户，望出去是房子的后院。窗户下面放着一张藤睡椅，头冲着后台，上面还有坐垫。往后是一架有玻璃门的大书橱，里面有大仲马、维克多·雨果以及查尔斯·利弗的全套作品；三套莎士比亚全集；五十卷厚厚的《世界文学最佳作品选》；休谟的《英国史》；梯埃的《法兰西执政府与复辟时代史》；斯莫利特的《英国史》；吉本的《罗马帝国衰亡史》以及各种各样杂集的旧剧本、诗集，还有几部爱尔兰的历史。使人惊讶的是这些整套的书籍一卷卷看上去都曾有人读过，而且是反复地阅读过。

房间里的硬木地板上都铺上了地毯，上面的图案和色彩都不碍眼。房间中央放着一张圆桌，桌上有一盏绿色灯罩的台灯，电线接插在上面枝形吊灯四个插座之中的一个。圆桌四周灯光能够看书的地方放着四把椅子，三把是藤椅；另外一把（在圆桌的右前方）是漆得透亮的橡木安乐椅，上面还有皮坐垫。

时间大约是上午八点半。阳光从右边窗户透射进来。

〔幕启时，全家刚吃过早餐。玛丽·蒂龙和她的丈夫一同从餐厅穿过后客厅出来。

〔玛丽五十四岁，约莫中等身材。她的身段依旧年轻优美，只是略显丰满，尽管没穿紧身的内衣，但仍没有中年妇女腰臀臃肿的现象。她的长相很明显是爱尔兰人的样子，过去一度极为姣美，即便现在还是楚楚动人。可是她的面容消瘦、苍白、颧骨突出，与她的身段的健美很不相称。她的鼻子既长又直，嘴很宽，嘴唇丰满而富于敏感。她不涂脂抹粉，高高的前额上面盖着厚厚的全白的头发。在苍白的脸容和苍白的头发衬托下,她的深棕色的眼珠显得乌黑。一双眼睛异常大又特别美,还有黑黑的眉毛和长长的拳曲的睫毛。

〔人们一下就会注意到她忐忑不安的情绪。她的两只手总是不停地摆动着,这是一双一度很美的手,手指纤细而修长,可是风湿病使得骨节粗肿,手指翘曲,看上去既丑陋又不健康。人们极力回避看她的那双手,尤其是因为他们意识到她对自己手指的样子十分敏感,同时由于她不能控制自己的紧张情绪,惹人注目,也感到很没脸面。

〔她的衣着简朴,可是天生很会选择合身的衣服。头发十分考究地梳理过。声音婉转动人,高兴的时候还带一点有韵律的爱尔兰腔。

〔她个性中最动人的是她在修道院的学生时代养成的、至今还没有失却的那种含羞少女所具有的单纯和朴实无华的神态——一种天生的、不谙世故的天真。

〔詹姆斯·蒂龙六十五岁,但外表看来要年轻十岁。他身高五英尺八左右,肩宽胸厚,由于他的举止动作,颇有军人气概:昂首、挺胸、紧腹、平肩,看上去似乎比实际上还要颀长。他的面貌已显得衰竭,可仍然不失当年的英姿——大而形美的头部,俊俏的面部侧影,深陷的浅棕色眼睛。他灰白的头发已经稀疏,而且光秃了一块,就像和尚的秃顶。

〔让人一看就能确切地知道他是个演员。这倒不是他蓄意煞有介事地装模作样,摆出一副舞台明星的架势。他是一个生性朴实无华的人,仍然不脱他本人出身寒微以及他的爱尔兰农家的祖先本色。可是，演员的特征不由自主地在他的言谈举止中流露出来。这些表现具有勤学苦练出来的技巧特色。他的声音尤为动人，既洪亮又富于弹性，他以此深感自豪。

〔从衣着看来，他实在不像是扮演浪漫角色的人物。他穿的是一套破旧的灰粗布便服，脚上一双没有擦亮的黑皮鞋，衬衣不带硬领，只用一条厚料子的白手绢，打个结松松地围着脖子。这种装束并不是潇洒、不修边幅的表现，而是一副寒酸相。他认为衣服一直要穿到不能再穿为止。此时他正去花园里修剪树木花草，更不在乎自己外表如何。

〔他生平从未真正病倒过一天。他的心智健全，不容易紧张。他很像个鲁钝的、具有泥土气息的庄稼汉，还带几分感伤的惆怅，而且偶尔还本能地体贴别人。

〔夫妻俩从后客厅出现时，蒂龙手挽着玛丽的腰。他走进起居室的时候，还开玩笑地搂了她一下。

蒂龙　玛丽，你的体重增加了二十磅，现在抱起来可以抱个满怀了。

玛丽　（亲切地一笑）你是说我已经太胖了。我真该减轻些体重才好。

蒂龙　不是这个意思，我的太太！你现在正好不胖不瘦。我们不再谈减轻体重的问题吧。是不是为了这个缘故你早点吃得那么少？

玛丽　那么少吗？我还以为吃得够多的呢。

蒂龙　你吃得不多。不管怎样，总不像我希望你吃的那样多。

玛丽　　（逗笑）你这个人呀！你要每个人都像你那样吃那么一大堆早点。别人要是像你那样吃法，早就撑死了。（她走向舞台前，站在圆桌右边。）

蒂龙　　（跟着她向前走）我希望我还不是像你所说的那样的一个大饭桶。（心满意足地）可是感谢上帝，即使我已六十五岁了，我的胃口一直还顶好，我的消化力比得上二十岁的小伙子。

玛丽　　詹姆斯，你的胃口确实很好。这是谁也不能否认的。（她哈哈大笑，并在圆桌右后边一把藤椅上坐下来。蒂龙从玛丽背后绕过去，在圆桌的烟盒里挑了一支雪茄，又用小剪刀剪去了烟梢。餐厅里传出詹米和埃德蒙的说话声。玛丽把头转向那个方向）我感到纳闷，两个孩子为什么待在饭厅里。凯思琳一定在等着收拾桌子。

蒂龙　　（表面上很风趣，内心情绪却有些愠怒）他们又在鬼鬼祟祟胡扯些不愿我听见的话。我敢断定，他们俩又在想什么新花招来敲老头子的竹杠了。（玛丽对此缄默无言，仍然把头转向说话声传来的方向，两只手在桌面上不停地动来动去。蒂龙点燃了雪茄，坐在圆桌右方他一贯坐的那把摇椅上，心满意足地抽着烟）什么也比不上早饭后第一支雪茄的味道，如果确实是上等雪茄。我新买的这一批雪茄烟味很醇，而且是价钱公道的一笔买卖，我讨了一个大便宜，还是麦圭尔介绍我去买的。

玛丽　　（略带尖刻的口气）但愿他同时没有要你去买块新地皮。他介绍的地产买卖就不像买雪茄那样有奔头。

蒂龙　　（自我辩护）玛丽，话也不能这样说。他毕竟是劝我买切斯纳特街那所房子的人，我很快就转手卖出去了，赚了很可观的一笔钱。

玛丽　　（不禁笑了一笑，又亲昵地逗弄）我知道，那是你津津乐道的破天荒的一次走运。麦圭尔做梦也没想到——（说到这里，她轻轻地拍拍他的手，以示安慰）詹姆斯，算了吧。我了解你不是一个有本领做地产投机买卖的人，但要说服你相信这一点，只是白费口舌。

蒂龙　（生气地）我可不是这样想的。可是地产毕竟是地产，总比华尔街那帮骗子推销的股票和公债券牢靠得多。（和解地）算了吧，这样一大早我们不要为了做买卖的事再争论不休了。（稍停。两个孩子的说话声再一次传了出来，其中的一个大咳了一阵。玛丽焦虑地听着，她的手指在桌面上紧张不安地闪动着。）

玛丽　詹姆斯，你该责备埃德蒙不好好吃饭。他除了喝点咖啡，几乎什么都没有动。他得吃东西才能维持体力。我总是告诉他，可是他说他简直没有胃口。当然，夏天患重感冒是很糟糕的事。

蒂龙　不错，这是天经地义的事。所以你不要担心——

玛丽　（迅速地）我才不担心呢。我知道，只要他小心照料自己，三两天就会好的。（她似乎想转换话题，但还是继续说了下去）可是他现在又病倒了，真糟糕。

蒂龙　是呀，真不走运。（他担心地看了玛丽一眼）但是你也不必让这件事弄得心烦意乱，玛丽。记住，你还得保重自己的身体。

玛丽　（急促地）我才不心烦意乱呢。没有什么事情使我心烦意乱的。什么使你以为我会心烦意乱呢？

蒂龙　没有什么别的原因，只是最近几天你看上去稍微有点紧张。

玛丽　（挤出一点笑容）看上去我有点紧张吗？别瞎说。这是你自己胡思乱想。(突然紧张起来)詹姆斯,你不要一天到晚老是盯着我,这样弄得我挺别扭。

蒂龙　(把一只手放在她紧张不安而颤动着的手上)别这样了,玛丽。那是你的胡思乱想。要是我一直不停地盯着你,那是我要欣赏你那丰腴、俏美的样子。(他的声音突然为深情所感染)看到你回家以来身体又跟原来一样好了,我心里的那种快乐真是难用语言说出来。(他情不自禁地俯下身子亲她的面颊——接着又转过身来不自在地补充了一句)玛丽,那么就坚持下去吧。

玛丽　(头已掉转过去)一定坚持下去。(她焦虑不安地站了起来,走到右边窗前)谢天谢地,雾总算消散了。(她转过身来)今天早上我感到浑身不对劲。船上那支可怕的雾角整夜不停地鸣叫,弄得我没法睡好觉。

蒂龙　是呀,那真像后院里养了一条害了病的鲸鱼一样,吵得我也整夜睡不着。

玛丽　(深切地被逗乐)真是这样吗?你睡不着觉的表现跟大家不一样。打鼾打得那么响,我根本分不出是你的鼾声还是雾角声!(她走到他面前,哈哈大笑,开玩笑地拍拍他的脸)十只雾角也不会吵醒你。你一向不会神经过敏。你从来就是这样的。

蒂龙　(感到有失自尊心——愠怒地)胡扯。对于我打鼾这件事,你总是言过其实。

玛丽　我不会言过其实的。只要你亲自听到过一次——(从餐厅里传来一阵笑声。她掉过头去,笑着说)他们不知在嘲笑什么?

蒂龙　(懊恼地)在嘲笑我。这点我敢断定。他们总是拿老父亲开心。

玛丽　(逗弄孩子似的)我们大家都在作弄你,真太可怕了,对不对？你太受委屈了！（她哈哈大笑——接着显出一副愉快、如释重负的样子）不管他们嘲笑的是什么，听到埃德蒙的笑声就使我宽心。最近这个月以来，他的情绪一直不好。

蒂龙 （不理会这句话——愤怒地）我敢断定这是詹米玩的鬼把戏，他总是瞧不起别人，拿人家开玩笑，这个小子。

玛丽 好吧，不要责怪可怜的詹米了。（缺乏信心地）他到头来还是会转变好的，你等着瞧吧。

蒂龙 那么他就该尽快转变才是。他都快三十四岁了。

玛丽 （不予理会）天哪，他们真的要在餐厅待一整天吗？（她走到通往后客厅的门前喊了一声）詹米！埃德蒙！到起居室来，让凯思琳好收拾桌子。（埃德蒙在里面答应了一声："妈，我们就来。"她回到桌子前。）

蒂龙 （埋怨地）不管他干了什么，你都会找话来袒护他。

玛丽 （一边在他身旁坐下，一边轻轻地拍他的手）嘘。

（他们的两个儿子，小詹姆斯和埃德蒙一同从后客厅走出来。两人咧着嘴笑，笑的是刚才引起过他们哈哈大笑的事。在他们走上前来的时候，看到他们的父亲，咧着的嘴张得更大了。大儿子詹米三十三岁了。他跟他父亲一样肩阔胸厚，体格魁伟，身材还高一英寸，体重却轻一些，但是他没有蒂龙那样的举止和优雅的仪态。看上去更矮胖。他也没有他父亲那股活力，身上已呈现未老先衰的迹象。尽管沉湎于酒色已在他的脸上留下了痕迹，他的面貌依然俊俏。虽然詹米更酷似父亲不像母亲，他的容貌却从来就不像蒂龙那样被人称为美男子。两眼熠熠有神，呈现棕色，深浅介乎他父亲和母亲的眼睛之间。头发已开始稀疏，而且有像蒂龙那样秃顶的迹象。鼻子与家里所有别的人都不一样，显然是鹰钩鼻。这副鼻子再加上他一贯玩世不恭的处世态度，就使他的面容显示出了魔鬼的模样。可是偶尔在他不嘲弄别人而流露出了笑容的时候,他的人品就显示出残存在他身上的爱尔兰人的幽默、浪漫、无所顾忌的魅力——是那样一个既讨人喜欢,又不成器的人,还带着诗人的多愁善感的气质,对女人富于诱惑力,在男人中也受欢迎。)

(他身穿一套破旧的便衣,却不像蒂龙那样寒酸,脖子上还戴上了硬领,打上了领带。他细白的皮肤被太阳晒成红棕色,而且有斑点。)

(埃德蒙比他的哥哥小十岁,身材却高两英寸,长得瘦长而结实。詹米长相像父亲,一点也不像母亲,埃德蒙则像父母两人,而且更像母亲。在他那张爱尔兰人式的狭长的脸上,长着他母亲那双又大又黑的特别引人注目的眼睛。他的嘴也跟他母亲的一样,具有一定的敏感性。他高高的额头比他母亲的还突出,头上深棕色的头发,发梢已被阳光晒成了红色,笔直地向后梳着。可是他的鼻子像他的父亲,因此,他的脸孔从侧面看很像蒂龙。埃德蒙的双手,手指特别修长,显然也像他母亲的,甚至也像他母亲那样紧张地颤抖,不过没有她那样严重。埃德蒙最明显像他母亲的地方还在于那种极端敏感的神经质。)

(显然,他的身体很不好,比应具有的身体瘦多了,双眼像在发烧,两眼凹陷下去。他的皮肤尽管晒成深棕色,但看上去却又干巴又灰黄。他穿着一件衬衣,上面有硬领,也打上了领带,外面没有套上衣,下身穿的是一条旧法兰绒裤,脚上一双棕色的胶底鞋。)

玛丽 (含笑地转向兄弟俩,说话声有点强作欢笑)我一直在这里笑话你们父亲的打鼾声。(转向蒂龙)詹姆斯,我要让孩子们来评评理。他们一定也听见过你的打鼾声。不行,詹米,你也不行。我睡走廊的那一头老远就听到你打鼾,跟你父亲几乎是半斤八两。你真像他,一倒在枕头上便睡着了,十只雾角也吵不醒你。(她突然住嘴,看出了詹米的眼睛正在探查而不安地注视着她。她的笑容消失了,举动也变得不自在起来)詹米,你为什么盯着我?(她的手颤抖地举了起来,弄弄头发)我的头发垂下来了吗? 这阵子我要好好地梳梳头可真难啊! 我的眼睛越来越坏了,我那副眼镜也总是找不着。

詹米 (心感内疚地移开视线)妈,您的头发梳得挺不错的。我刚才在想,您的气色真好。

蒂龙 (亲切地)是呀,詹米,我刚才正是这样告诉她的。你妈身体这样胖,而且还越来越发福,很快就没法抱住她了。

埃德蒙 真的,妈,看上去您的气色真是好极了。(她听了这话才消除疑虑,慈爱地对埃德蒙笑了一笑。他开玩笑地眨眼示意)至于爸爸的打鼾声,我可以帮您做见证。天哪! 真是鼾声如雷!

詹米 我也听见的。(引用莎士比亚台词,同时装出一副拙劣演员的模样)"那个摩尔人的喇叭! 不见其人先闻其声。"①(引得他母亲和弟弟都哈哈大笑。)

蒂龙 (尖刻地)如果非要我的打鼾声才能使你记住莎士比亚剧本的台词,而忘掉你那赌博的赛马经,我宁愿一辈子打鼾让你听。

玛丽 好了,詹姆斯! 不要动不动就火冒三丈。(詹米不满地耸耸肩,在她右边的椅子上坐下。)

埃德蒙 (烦恼地)真的,爸爸! 看在上帝分上,刚吃过早点就大吵大闹的,还是留着一点儿吧!(他倒在圆桌左边靠近他哥哥

---

① 引自莎士比亚剧本《奥瑟罗》第二幕第一场。

的一把椅子里。他的父亲不理睬他。)

玛丽 （埋怨地）你父亲可没有找你的茬儿。不要总是护着詹米。人家还以为你比他大十岁呢。

詹米 （厌烦地）大吵大闹的为了什么？就此住嘴罢了。

蒂龙 （蔑视地）罢了，就此罢了！把一切忘得一干二净，浑浑噩噩过日子吧！这倒是方便的处世态度，要是你一辈子胸无大志，只想——

玛丽 詹姆斯，别再说了。（一手挽着他的肩膀——哄劝他）今天早上你准是吃错药了，火气这么大。（对两个孩子，换了话题）你们进来的时候，两个人就像两只老是咧着大嘴笑的猫，在笑什么？有什么好笑的？

蒂龙 （煞费苦心才装出一副和蔼可亲的开玩笑的样子）是呀，小伙子，说出来我们大家听听。我告诉了你们的母亲，我很清楚又在拿我开玩笑，不过没有关系，我也习以为常了。

詹米 （冷漠地）不要老盯着我。还是让弟弟讲吧！

埃德蒙 （露齿笑着说）爸爸，昨天晚上我打算告诉您，可后来忘了。昨天我出去散步，顺便上了酒馆——

玛丽 （担心地）埃德蒙，你现在不该再去喝酒了。

埃德蒙 （对此不予理睬）您猜我去那儿碰见了谁，还不是您农场上的那个佃户肖内西，他喝得酩酊大醉。

玛丽 （笑了起来）那个叫人害怕的家伙，可也真滑稽。

蒂龙 （满脸怒容）要是你是他的地主，你才不会以为他滑稽呢。他是个诡计多端的下贱的爱尔兰佬，油头滑脑。他又在抱怨些什么，埃德蒙，告诉我——因为我很清楚他又在抱怨了。大概又想减租钱。我几乎白白地把那块地让他耕种，只是因为那块地要有人看管。要不是我声明要把他赶走，他是一个子儿也不会交的。

埃德蒙　您猜错了，他什么也没有抱怨。他高兴得不得了，还自己花钱买酒喝，真是从来没有过的事情。他高兴的是因为他跟您那位朋友美孚石油公司的百万富翁哈克打了一场架，结果获得了辉煌的胜利。

玛丽　（又惊又喜）啊呀，詹姆斯，不得了！你真的该想想办法管管他——

蒂龙　肖内西真该死！

詹米　（恶意地）我敢打赌，下次您在俱乐部碰见哈克，毕恭毕敬地给他鞠躬，他连看也不看您一眼。

埃德蒙　不错，哈克不会把您看成上等人，窝藏着一个这样不懂上下的佃户，在美国煤油大王面前还那样不恭顺。

蒂龙　不要胡说八道，简直是社会主义者的腔调。我不愿听——

玛丽　（得体地解围）埃德蒙，继续讲下去，后来怎么了？

埃德蒙　（挑衅地咧嘴朝他父亲笑）爸爸，您记得哈克庄园里的冰池紧靠着那个农场，您记得肖内西养猪。好吧，事情是这样的。据说篱笆上破了一个窟窿，那些猪就一直跑到百万富翁家的冰池里去洗澡。哈克的工头告诉他说肖内西一定是故意弄破篱笆，好让他的猪到冰池里自由自在地翻滚。

玛丽　（又惊又喜）天哪！

蒂龙　（一面气恼，一面却不禁钦佩）这个无赖，我也相信他是故意捣蛋。他就是这种人。

埃德蒙　所以哈克就亲自过来责骂肖内西。（抿着嘴轻声地笑）

真是极其愚蠢的举动！我一向认为我们这些统治阶级的财阀，尤其是这些继承祖宗余荫的家伙，在智力上都是庸碌之辈——这件事更进一步证明了我的想法不错。

蒂龙 （未假思索，表示赞同）是呀，他哪是肖内西的对手。（接着，疾言厉色地说）把你那套无政府的瞎话留在自己的肚子里吧。不许在我的屋子里乱说。（可又渴望知道结果）后来怎样了？

埃德蒙 哈克要想斗过肖内西，就像我想要击败世界著名的拳击王杰克·约翰逊①一样不可能。肖内西灌了几杯酒下肚，站在门口等着欢迎他。他告诉我，压根儿就没让哈克有开口的机会。他一开口就大叫大喊，说他不是美孚石油公司的奴隶，可以随便让人践踏；说如果公道还在的话，他早就是爱尔兰的王族了；又说对他来说，下贱的人总是下贱的人，不管他从穷人身上搜刮了多少钱财。

玛丽 啊，上帝！（可是忍不住哈哈大笑。）

埃德蒙 接着，他又责怪哈克故意让他的工头把篱笆弄破，招引那些猪到冰池里去，好把它们宰掉。肖内西还大声叫嚷，可怜的畜生，都患上了重感冒，其中好几头还得了肺炎快要死了；还有几只喝了池子里的脏水染上了霍乱。他告诉哈克他要去请律师控告他，要求赔偿损失。最后他说他在这个农场上真受罪，他不得不对付有毒的毒葛、蜱、马铃薯虫，还有草蛇和臭鼬鼠。他虽然是个老实人，但是忍耐也是有限度的。他决不允许美孚石油公司的贼来打扰，要么他就不是人。所以他说哈克先生从这块土地上挪开他那双臭脚，要不然他

---

① 杰克·约翰逊（1878—1946），美国第一个夺得世界重量级拳击锦标赛的黑人。

就叫狗上来咬他。果然,哈克就滚蛋了!(他和詹米两人哈哈大笑。)

玛丽 (又吃惊,又咯咯地笑)天哪,这家伙那张嘴好厉害呀!

蒂龙 (未假考虑,表示钦佩)好一个该死的老无赖!上帝做证,谁也搞不过他!(哈哈大笑——接着突然停住,疾言厉色地说)这个下流的恶棍!他会连累我的——

埃德蒙 我告诉他爱尔兰人打了大胜仗,您会高兴死的。您不是很高兴吗?别装蒜了,爸爸。

蒂龙 唉,我并不那么高兴。

玛丽 (逗弄地)詹姆斯,你是很高兴的,简直开心极了!

蒂龙 玛丽,我才不高兴呢。开玩笑是一回事,可是——

埃德蒙 我告诉肖内西他本该提醒哈克,美孚石油公司的百万富翁喝冰水,尝到猪臭才够味呢,他应该表示欢迎才对。

蒂龙 你讲这种话,太荒唐了!(皱着眉头)不要老用你那种胡说八道的社会主义无政府主义的情绪来干预我的事吧!

埃德蒙 肖内西因为早没有想到我的那些话,几乎都哭起来了。但是,他说他还要写信给哈克,再加上几句别的先前遗漏了的骂人的话。(他和詹米都哈哈大笑。)

蒂龙 你们在笑什么?有什么好笑的事——你真是个好儿子,帮着那个恶棍连累我吃官司。

玛丽 好了,詹姆斯,不要发脾气了。

蒂龙 (转向詹米)你比他更坏,还在一旁怂恿他,你大概在悔恨当时你不在场吧,没有教唆肖内西骂些更恶毒的话。尽管别的都不会,那一套却是你的拿手好戏。

玛丽 詹姆斯!为什么又骂起詹米来了。(詹米正要嘲弄他父亲一句,但又耸耸肩算了。)

埃德蒙 （突然神经质地表示不满）哎呀,看在上帝分上,爸爸!要是您再讲那老一套,我就要走了。(他跳了起来)我把书留在楼上了。(他走向前客厅,一边走一边厌烦地说)天哪! 爸爸! 您的那种老一套自己听了也该恶心 ——（他退下,蒂龙怒气冲冲地目送他走。）

玛丽 詹姆斯,你千万不要跟埃德蒙计较。记住他的身体不好。(只听见埃德蒙一边上楼一边不停地咳嗽。玛丽不安地补充了一句)热感冒谁也受不了。

詹米 （真正地关怀）他不只是伤风感冒。小弟病得很厉害。(他父亲狠狠地瞪了他一眼,警告他不要再说下去,但他没有注意。)

玛丽 （不满地转身向着他）你为什么说这种话？ 他不过是患了点儿伤风感冒! 任何人都看得出来! 你总是无中生有!

蒂龙 （又望了詹米一眼,警告他不要再说下去 —— 安详地）詹米的意思不过是说埃德蒙除了伤风感冒,也许还有一点儿别的什么病。

詹米 妈妈,对了。我不过是这个意思。

蒂龙 哈迪医生说,可能他在热带地方染上了一点儿疟疾。如果是的话,服些奎宁很快就会治好的。

玛丽 （脸上闪过一种轻蔑而带敌意的表情）哈迪医生! 即使他按着一大堆《圣经》发誓,我也不会相信他所说的一句话! 我看透了这班医生。他们都是一路货色。什么话都肯说,只是想方设法让你多去看病。(她突然住口,发现他们的眼睛都在盯着她而感到极端地不自在,双手突兀地举起去弄头发,脸上强装笑容)什么？ 你们在看什么？ 是不是我的头发 ——？

蒂龙 （用手挽着她——因歉疚产生出亲切，开玩笑地搂了她一把）你的头发没有一点儿毛病。你长得越来越胖，越来越健美，你变得越来越爱俏，很快就会在镜子前一站半天，仔仔细细穿戴打扮了。

玛丽 （多少消除了一些疑虑）我实在该配一副新眼镜。我的眼镜不行了。

蒂龙 （爱尔兰人惯用的奉承人的腔调）你的眼睛美极了，这一点你自己清楚得很。（他亲了她一下。她登时容光焕发，带着娇美而害羞的窘迫。突然令人吃惊的是，在她的脸庞上看到了她少女时代的丰姿，仍然是活生生的，并不是早已消逝的青春的鬼影。）

玛丽 詹姆斯，别傻，詹米都看见了！

蒂龙 詹米也早看透了你。他知道你每次抱怨你的眼睛和头发，就是为了让人说些赞美的话，说你的眼睛和头发如何漂亮。詹米，是不是？

詹米 （脸色开朗了，在朝他母亲亲热地微笑中显露了少年时代讨人喜欢的样子）不错！妈妈，您瞒不过我们。

玛丽 （笑了起来，口音中带有一种爱尔兰人轻快有节奏的腔调）你们两个少跟我来这一套。（接着，又用一种少女的口吻庄重地说）说实在的，我的头发一度确实很美，对不对，詹姆斯？

蒂龙 你的头发是全世界最美的！

玛丽 是一种少见的微红棕色的头发，长得长长的，一直垂到我膝盖下面。詹米，你也该记得，直到埃德蒙出生后我还没有一根白头发。在那以后就开始变白了。（少女的丰姿这时从她的面庞上消失。）

蒂龙 （迅速地补充了一句）这就使得你的头发更美。

玛丽 （再次感到又害羞又高兴）詹米，你看你父亲还是这个样子——结婚都三十五年了，还是这个样子！他这个著名演员可真没有白当，对吗？詹姆斯，你怎么这种样子？是不是我笑话你打鼾，你才以德报怨的？那么好吧，就算我没说好了。我夜里听见的一定是船上的雾角。（她笑了，大家也跟着她笑。接着，她换上了一副既显得轻快又是一本正经的神气）可我不能老待在这儿听你们恭维的话。我得去找厨师，安排今天做饭买菜的事。（她站起身来，故作幽默地大声叹气）布里奇特又懒又狡猾，一天到晚无休无止地跟我讲她家里人的长短，弄得我没法插嘴，也没法责骂她。算了吧，我倒不如把她打发掉。（她走到后客厅门前，接着又转过身来，脸上又现出担心的神色）詹姆斯，别忘了，不要让埃德蒙在外面院子里帮你干活儿。（脸上又带着古怪顽固的神情）倒不是他身体不够健壮，而是他一出汗，又会加重他的感冒。（她穿过后客厅退下。蒂龙转身责怪詹米。）

蒂龙 你真是个大笨蛋。难道一点儿头脑都没有吗？我们千不该万不该说的就是任何会使你妈为埃德蒙发愁的话。

詹米 （耸耸肩膀）好吧，随您的便好了。照我看总是让妈妈自欺欺人是不对的。这样下去，一旦她要面对现实，对她的打击就会更大了。不管怎样，您可以看出来热感冒的那套话明明是她故意蒙骗自己的。她心里有数。

蒂龙 心里有数吗？真实的情况现在没有人知道。

詹米 好吧，告诉您我是知道的。星期一埃德蒙去找哈迪医生的时候，是我跟他一起去的。我也听见医生胡扯到那染上了一点儿疟疾的老一套。那是他搪塞其词。他现在的看法就不同了。不但我了解，您也了解。您昨天进城去，不是找他谈过吗?

蒂龙 他当时还不能肯定是什么。他说今天在埃德蒙去找他以前会给我来电话。

詹米 (吞吞吐吐地)他说是痨病,是不是,爸爸?

蒂龙 (勉强地)他说可能是。

詹米 (沉痛地,对兄弟的爱油然而生)可怜的小弟弟!他妈的!(他转过身来指责他父亲)要是当初他一生病的时候,就让他去找一个真正的好医生,事情也绝不会弄到这个地步。

蒂龙 哈迪医生又有什么不好呢?我们在这里不总是找他看病吗?

詹米 他什么都不好!就连在这个穷乡僻壤的地方,他也只能算个三流的医生。他是一个招摇撞骗的蹩脚医生!

蒂龙 你骂好了!把他骂得一文不值!什么人你都骂得一文不值!什么人在你看来都是冒牌货!

詹米 (轻视地)哈迪医生每次诊费只收一块钱。就凭这个您认为他是个好医生。

蒂龙 (内心被刺痛)住嘴!你现在没有喝醉!你没有理由这样——(他按捺住自己的火气——带一点分辩的口吻)你要是说我请不起那班专门敲诈那些夏天来避暑的阔佬的医生——

詹米 请不起?你是这一带地产最多的大地主。

蒂龙 地产最多也不一定就是阔佬,都抵押掉了——

詹米 那是因为您总是还未付清抵押借款,就又再买地皮了。要是埃德蒙是一块蹩脚的地皮,你想要买,那么天大的价钱你也都舍得出!

蒂龙 胡说八道!你刚才讥笑哈迪医生也是胡说八道!他只

不过不讲究排场，不把诊所设在时髦的上流住宅区，不坐豪华的汽车兜风。你要去找那些光看看舌头就要五块钱的家伙，就等于花钱帮他们维持门面，并不是他们的医术高明。

詹米　（蔑视地把肩一耸）算了。我跟您辩不出道理来。真是江山易改，本性难移。

蒂龙　（火冒三丈）不错，本性难移。你这话说得倒真不错。你的本性确实一辈子也改不了。你还敢教训我，要我舍得花钱吗？你从来就不知道钱的难处，永远也不会知道。你这一辈子从来就没有存过钱！一年到头是个穷光蛋。每星期拿到工资就去喝酒，嫖女人，花个精光。

詹米　别提工资了！天哪！

蒂龙　你的工资不少了，要不是我，凭你那点本事还赚不到呢。你要不是我的儿子，肯定没有一家剧院的经理会在剧中分给你一个小角色。你的名声实在太臭了。就连现在我还得不顾体面替你求情，说你从此革心洗面，重新做人了，尽管我也知道这完全是在撒谎！

詹米　我从来就不想当演员，是您硬逼着我上舞台的。

蒂龙　你又在撒谎！你没费过劲去找别的工作做。你完全依赖我给你找工作，别的地方我毫无办法，只好在剧院里替你找。还说我硬逼着你！你一天到晚就在酒吧间厮混，从来也不想做别的事。一辈子不务正业，存心依赖我吃喝，做寄生虫，也心安理得！我毕竟还是花了许多钱让你受教育，而你的所作所为却是上哪一家大学都是不光彩地被开除。

詹米　哎呀，看在上帝分上！别把那些旧事再搬出来吧！

蒂龙　每年夏天你还得回家来靠我过日子，这不是旧事。

詹米　我在外面院子里干活儿,来抵偿我的膳宿费,省得您雇工人。

蒂龙　呸,就连这一点小事也得别人逼着你才干!(他的怒气渐消,化为疲惫的埋怨)只要你稍许有一点儿感激之情,我也不会放在心上的。可你唯一的表现就是讥笑我是吝啬鬼,讥笑我的职业,讥笑世界上每一件东西——除了你自己之外。

詹米　(苦笑地)那可是冤枉我了,爸爸。您只不过没听到我自己嘲弄自己罢了。

蒂龙　(看着詹米,似乎迷惑不解,接着口中念念有词)"忤逆不孝,毒草之尤"!①

詹米　我早知道您又要引这句话了!上帝啊,听了几千几万遍了!(他没有说下去,对这种争吵感到厌烦,耸耸肩)好了,爸爸。我是一个无业游民,随您怎么样说,只要结束这场辩论就行。

蒂龙　(直言相劝)只要你有志气,不再那样胡闹,就好了!你年纪还轻,还大有作为。你本来就有天才,很可以成为一个名演员!亡羊补牢,现在努力仍不太晚。有其父必有其子——!

詹米　(厌烦地)别再讨论我了。我对这个题目不感兴趣,您也是这样。(蒂龙只好罢休。詹米信口开河继续说)我们怎么会讲起这个来的呢?啊,是因为讲哈迪医生。他说什么时候要来电话说埃德蒙的病呢?

蒂龙　午饭的时候。(稍停——接着,又似乎为自己辩护)我本来可以让埃德蒙去找更好的医生看病。他每年来到这里有了病

---

① 蒂龙以为此句出自莎士比亚剧本《李尔王》,实则不然。

痛总是找哈迪医生诊治,他从只有膝盖那样高就是这样。别的医生哪有哈迪医生这样了解埃德蒙的体质。这并不是像你所胡诌的那样,是我吝啬的问题。(痛心地)埃德蒙从被大学里开除出来,就过着那种荒唐的生活,故意糟蹋自己的身体,就算把美国最有名的专家请来,对他又有什么用呢?甚至在这之前,他还在念预科的时候,就已经开始挥霍浪荡了,学你的榜样要做百老汇的时髦人物,可是他又没有你那样的好身体。你跟我一样,是个健壮有力的大块头——至少你在他这个年纪的时候是这样——可是他像他母亲,天生就是神经质。这些年来我一直提醒他,他的身体受不了,可是他不听我的劝告,现在是太晚了。

詹米 (厉声)太晚了,您这是什么意思?听您的这种口气,好像认为——

蒂龙 (恼羞成怒地发作起来)别装傻了!我的意思就是摆在大家眼前的事实。他的身体已经垮了,他可能要病一阵子了。

詹米 (眼盯着他父亲,对他的辩解置之不理)我知道按照爱尔兰乡下佬的看法,得了痨病就是注定要死的。也许住在泥坑边破破烂烂的房子里,情况会这样。但是在这里,有新式的治疗方法——

蒂龙 我难道不知道!还要你唠唠叨叨干吗?提起爱尔兰嘴里要干净一点儿,不准说那种乡下佬、泥坑、破烂房子之类的讥笑话。(反过来指责)关于埃德蒙的病,你最好少说话,越少说越好,免得良心受谴责。对于他的病来说,你是罪魁祸首。

詹米 (内心受刺)胡说八道!爸爸,您这话我可受不了!

蒂龙 这是真情实况!你一直给了他最坏的影响。他从小长大就把你当作英雄一样崇拜！你真给他树立了好榜样！我从来没有听见过你好好地教导他，只是引他上邪路！你弄得他人还未老心就老了，把你那套所谓的人情世故灌满了他的脑子，可惜他年轻不懂事，没有看清你满腹牢骚只是因为你自己一生一事无成，你把所有的错误都推到别人身上。在你看来，所有的男人都是出卖灵魂的无赖，所有的女人不做婊子，就是傻瓜。

詹米 （做出一副想要辩解的样子，但又显示出因厌烦而不在乎）不错，我确实指点了埃德蒙，可是那时他已经在胡作非为了，要是我装出老大哥一派正经的口吻去规劝他，我知道他会嘲笑我的。我所能做到的就是跟他成为好朋友，有事我可以毫无保留地跟他说，免得再犯我的过错而——（他耸耸肩膀——讥讽地说）而懂得这个道理：即使自己不能学好，至少也可以小心上不了人家的当。（他父亲轻蔑地嗤之以鼻。突然詹米真正动起感情来）爸爸，要责备我才冤枉人呀。您知道小弟对我来说是多么宝贵，我们一直在一起，多么亲近——与一般兄弟不同！为了他我什么都肯做。

蒂龙 （受到感动——劝解地）詹米，我知道你本意可能是为了小弟好。我并不是说你存心害他。

詹米 不管怎么说都是废话！我不知道有谁能够影响埃德蒙，除非他自己愿意。他的文静驯良的外表使得人们误认他可以任人摆布，其实他内心执拗得很，他的所作所为都是出自心愿的，别人的话他才不理睬呢！最近几年来，他所做的那些荒唐的事跟我有什么关系——出去当水手，走遍了世界各地，以及所有那一类事情。我当时就认为那是愚蠢到了极点的举动，我把这种想法告诉了他。你要以为我会高兴在南美洲海滩上流浪，要么住在肮脏低级的客店里，喝着下等的威士忌，那才怪呢！不，这种生活我决不敢领教。我倒喜欢待在百老汇，住住有洗澡间的旅馆房间，到酒吧去喝喝上等的纯威士忌。

蒂龙　你和百老汇！就是百老汇把你弄成了现在这个样子！（略带一点得意的口吻）不管埃德蒙做了什么，他都有勇气，一人做事一人当，跑得老远的，钱花光了，也不回来伸手向我讨。

詹米　（内心受刺，妒忌起来，反唇相讥）他总是每次钱花光了才回家来，对不对？跑得老远的对他又有什么好处？您看他现在搞成这个样子！（突然满面羞容）我的天！讲这样的话真差劲，我不应当说的。

蒂龙　（决意不予理睬）他这阵子在报馆工作得挺不错的。但愿他这次终于找到了他喜欢的工作了。

詹米　（又妒忌起来，讥讽地说）一家小地方的破报纸！不管他们对您讲了什么样的鬼话，他们告诉我他只是个十足蹩脚的记者。如果他不是您的儿子——（又感到羞愧）不，这话也不对！他们很高兴有他这样的一个记者，不过他的工作只是写写特别的稿子。他写的一些诗和讽刺小品特别好。（又妒恨起来）当然那些东西大报纸是不会刊登的。（很快又补充了一句）但是他总算开了一个很好的头。

蒂龙　是呀，他总算开了头。你过去也说想做一个新闻记者，但你总是不愿从底层做起。你一上来就想——

詹米　啊，爸爸，看在上帝分上！不要再缠着我了！

蒂龙　（眼盯着他——接着转过脸去——停了半晌）真不走运，埃德蒙这个时候却病了。早不病晚不病，太不巧了。(他又补充了一句，无法隐藏内心的不安)对你妈也很不利。倒霉的是，正当她需要安安静静、无忧无虑的时候，偏偏出了这种事叫她发愁。她自从回家以来这两个月，身体一直都那么好。(嗓子变得沙哑，声音有点发抖)这对我来说，真像是在天堂。这个家又像一个家了。可是，詹米，我也不用对你说了。(儿子第一次用一种由于理解而同情的眼光看着他的父亲。突然，父子之间仿佛产生了一种深厚的感情共鸣，在这种共鸣中，他们可以忘却彼此的敌对情绪。)

詹米 (几乎是温驯地)爸爸，我这一阵子也同样感到很快活。

蒂龙 不错，你可以看得出来她这次回家身体多么强壮而又充满自信，跟以往几次比简直是两个人。她能控制住自己的神经紧张——至少在埃德蒙得病前是这样。可是现在你就可以感觉到她又日益紧张，心里害怕起来。但愿上帝帮个忙，我们能让她不知道真情实况，可是如果一定要送埃德蒙去疗养院的话，那是办不到的。更糟糕的是你妈的父亲也是生痨病死的。她崇拜她的父亲，而且永远也忘不了这个打击。唉，这件事是够她受的啊！可是她能对付！她现在有足够坚强的意志力！詹米，我们大家都得帮助她，想尽一切办法来帮助她！

詹米 (深受感动)理所当然，爸爸。(吞吞吐吐地)今天早上她除了有点儿神经紧张之外，一切好像都很正常。

蒂龙 (此刻又充满信心)很好，从来也没有比今天更好的了。她高高兴兴的，还跟别人开开玩笑。(突然又朝詹米皱起眉头表示怀疑)你为什么说"好像"呢？她究竟出了什么事？你这句话又是什么意思？

詹米 不要又那么粗暴地打断我的话。天哪，爸爸，这种事我们就该开诚布公地谈谈，千万不要大吵大闹。

蒂龙 詹米，这是我的不是。(紧张起来)说下去，告诉我吧——

詹米 没有什么可告诉的。我的想法全都错了。就是昨天晚上——喏，你是知道事情的经过，我不比你好多少，我也忘怀不了过去的事，身不由己地起了疑心。(痛苦地)就是这种该死的疑心使人难过，而且最难过的还是妈妈！她一天到晚监视着我们，看我们是否在监视她。

蒂龙 (忧伤地)我知道。(又紧张起来)那么究竟是怎么一回事呢？可不可以说出来？

詹米 没有什么可以告诉你的。只不过是我那可笑的神经过敏。今天早上约莫三点的时候，我醒了，听见她在那间没有人住的房子里走来走去，接着又到了洗澡间。我装睡着了。她又在过道里停了下来听听，好像是要弄清楚我是不是睡着了。

蒂龙 (强装不在意)上帝，就是这些吗？她告诉我雾角声吵得她通宵睡不着，而且自从埃德蒙生病以来每天夜里她总是来来回回走动，到他的房间去探望探望。

詹米 (急切地表示同意)一点儿不错，她确实在埃德蒙房间外面停下来听的。(又犹豫起来)使我感到惊恐的是她在那间没人住的房子里。我不禁想起来每逢她要一个人搬到那里去睡，总是表示——

蒂龙 这次却不是！原因很简单。昨天晚上她为了躲开我的鼾声，她不搬到那间没有人住的房子又搬到哪里去呢？(不禁大发雷霆)上帝做证，我简直想不通，你这样事事往坏处想，日子要怎么过!

詹米 （感到刺痛）少扯那一套了！我刚说过我的想法全都错了。难道您不以为她的病会好的话，我跟你一样高兴吗？

蒂龙 （平静下来）詹米，你一定是这样的。（稍停，表情变得忧郁。他慢吞吞地说，带着一种迷信的恐惧）要是她为了担心埃德蒙的病急出事来，那也是命该如此，劫数难逃——为了生他她得了一场大病，就是那个时候开始——

詹米 她变成今天这个样子，并不是她自己的过错！

蒂龙 我不是责怪她。

詹米 （痛苦地）那么你在责怪谁呢？难道责怪埃德蒙不该出生吗？

蒂龙 你真愚蠢！谁也不能责怪。

詹米 怪那个混蛋的医生！照妈妈的话说，他跟哈迪一样，是一个招摇撞骗的蹩脚医生！你那时也是不肯拿出钱来请一个高明的——

蒂龙 胡说八道！（火冒三丈）那么就该责怪我了！这就是你要说的话，对吗？你这个伤天害理的流氓！

詹米 （听见他母亲在餐厅里，他发出警告）嘘！（蒂龙慌忙站了起来，走到右边窗前往外看，詹米完全换了一副口气说话）好吧，你说我们今天要修剪前面的树篱，我们现在就动手修剪吧。（玛丽从后客厅出来。她带着怀疑的眼光扫了这个人一眼，又扫了那个人一眼，神态紧张又不自在。）

蒂龙 （从窗前转过身来——像在台上演戏时那样的热诚）不错，今天早上天气这样好，犯不着待在屋子里吵嘴。玛丽，过来向窗外望一望。港口没有雾了。那一阵子的大雾一定散了。

玛丽 （走到他身边）亲爱的，但愿如此。（向着詹米，勉强装出笑容）詹米，我没有听错吧，你是说要去修剪前面的树篱？怪事真不少啊！敢情是你口袋又空了，急等着要零用钱花吧。

詹米 （逗弄地）我又有什么时候不要钱呢？（向他母亲使眼色，同时带着嘲笑的神情望了望他的父亲）干完一个星期的活儿，我指望至少领到一块银圆的工资——好拿去痛痛快快地喝上几杯。

玛丽 （对詹米的幽默没有反应——两手在胸前衣襟间焦急地动来动去）你们两个人刚才在争吵些什么呀？

詹米 （耸耸肩）还不是老一套。

玛丽 我听到你说到什么医生，你父亲骂你伤天害理。

詹米 （迅速地）啊，让你听见了。我还是在说我那句老话：在我看来，哈迪医生根本不是什么世界第一流的医生。

玛丽 （知道他在撒谎——含糊过去）啊，可不是，我也没有说过他是呀！（改换话题——强装笑容）布里奇特真可恶！我永远也摆脱不了她。她把她那个在圣路易斯当警察的表哥的事从头到尾跟我讲了一遍。（接着又烦躁又恼火）好吧，你们不是说要去修剪树篱，为什么又不去呢？（慌忙地）我是说，乘着阳光，雾还没有出来。（说话声奇怪，仿佛自言自语）我知道雾还会出来。（突然，她不自在起来，意识到他们两个人都在盯着她——慌慌张张地把双手一举）要么，我该说清楚，我手上骨节的风湿病告诉我。詹姆斯，我手上的骨节预测天气比你还灵呢。（她禁不住盯着自己的双手，但又感到厌恶）哎呀！多难看的一双手！谁会相信这双手一度曾经是很美的。（父子两人眼睁睁地盯着她，心情愈益恐惧。）

蒂龙 （抓住她的手，轻轻地往下推）好了，好了！玛丽。别那样傻了！你那双手是世界上最好看的。（她笑了一笑，脸上闪出光亮，亲了他一下，表示感激。他转过身来跟儿子说话）詹米，来吧。你妈骂我们骂得对。要干活就得动手干活。在热乎乎的太阳底下出一身汗，会去掉一些你腰里那一堆大吃大喝积起来的肥肉。（他把纱门推开，走到外面阳台上，走下一段台阶，到草地上去。詹米从椅子上站起来，一面脱去外衣，一面走向纱门。他走到门口，回转身来，但避而不看他母亲，她母亲也不看他。）

詹米 （声音柔和，但很尴尬，很不自在）我们全家都认为您很了不起，大家都很高兴。（她直直身子，眼睛盯着他，显出一副又害怕又满不在乎的样子。詹米颠三倒四地往下说）可是您还得当心，不要过分担心埃德蒙。他就会好的。

玛丽 （脸色倔强而带极度的怨恨）当然，他就会好的。再说，我并不了解你究竟什么意思，要我小心。

詹米 （碰了钉子，感到委屈，耸耸肩）好吧，妈妈，怪我多嘴。（他走到外边阳台上。她僵直地等他走下台阶。接着，她一屁股坐进先前詹米坐的那张椅子里，面部流露出一种惊恐的、隐隐约约的绝望情绪，两只手在桌面上动来动去，漫无目的地挪动桌子上的东西。她听见埃德蒙走下前面过道的楼梯，走近楼底时，突然咳嗽了一阵。她跳起身来，好像要逃避那阵咳嗽声似的，又迅速地走到右边窗前。她站在那儿往窗外看，外表显得镇定。这时，埃德蒙从前客厅里走进来，手里拿着一本书。她转身向着儿子，嘴边做出一副欢迎和慈母般的笑容。）

玛丽 你来啦！我正要上楼去找你。

埃德蒙 我故意等到他们出去才下楼来。我不想卷进任何的争吵。我的身体太不舒服了。

玛丽 （几乎是埋怨）别装模作样了，你哪有那样不舒服。你真是个惯坏了的小宝宝。你要让我们担心，一天到晚为你忙乱。（赶紧又说了一句）孩子，我是说着玩的。我知道你身体不舒服，多么难过。可是你今天感到好一点，是不是？（担心地，挽着他的手臂）不管怎样，你现在太瘦了。你需要想一切办法好好休养。坐下来，我会使你舒舒服服地休息一会儿。（他坐在摇椅上，她把一个枕头放在他背后）喂，这样好吗？

埃德蒙 好极了，妈妈，谢谢您。

玛丽 （亲亲他——体贴入微地）只要有妈妈照顾你就好了。你知道，你虽已长大成人了，在我的眼中，你还是家中的小宝宝。

埃德蒙 （握住她的手——十分严肃地）别管我了！您只要好好保重自己。别的事都无关紧要。

玛丽 （避开埃德蒙的眼光）孩子，我当然会保重自己。（勉强一笑）上帝，难道你没看见我吃得这样胖！这样下去我就不得不把我所有的衣服都放宽。（她又转过身去，走到右边窗前，故意装出轻松愉快的腔调）他们已经在那儿动手修剪树篱了。可怜的詹米！他多么厌恶在前院子里干活儿，什么人走过都可以见到他。查特菲尔德一家人坐着他们崭新的梅赛德斯牌汽车刚开过去。你瞧，多么漂亮的车子，是吗？不像我们那辆买来就是旧的卡车。可怜的詹米！他几乎整个身子都蹲在树篱下面，免得让别人看见。他们一家人坐在车子上向你父亲打招呼，你父亲忙着还礼，就像在舞台上谢幕一样。你看，他还穿着那套又脏又破的衣服。我总是千方百计地要他扔掉。（声音渐渐变得辛酸）真的，他应该顾点体面，不该穿那身衣服在那里丢脸。

埃德蒙　爸爸不在乎别人笑话他，那是对的。詹米真傻，还躲着查特菲尔德那一家人。要不是住在这个乡下小地方，谁还认识他们呢？

玛丽　（听了这话感到满意）埃德蒙，你的话一点儿也不错，谁还认识他们。小池塘里的大蛤蟆。詹米太傻了。（停了一停，望了一望窗外——接着隐现着一种孤寂怅惘的情绪）话虽这样说，可是查特菲尔德那样的人家在社会上还是有些名望地位的。我是说他们一个个住着像模像样的房子，没有什么拿不出手、见不得人的地方。他们一个个有朋有友，来来往往，并不是与外界隔绝。（她从窗前转过身来）我不是说要跟这些人有什么来往。我一向就厌恶这个城，厌恶这里的人。你是知道的。我当初就不愿来这个地方住，可是你父亲却喜欢这里，一定要盖这所房子，我也只好每年夏天跟着来这里。

埃德蒙　好啦，这儿比整个夏天住纽约的旅馆总好点儿吧？这个城也不算太坏。我倒很喜欢。也许是因为这是我们唯一有过的一个家。

玛丽　我就从来没有感受到这是我自己的家。当初一开始我就感到不对头，每件事都做得那样寒酸。你父亲从来也不肯花钱把事情做得像是个正道。正好我们在这儿无亲无友，就是有我也不好意思让他们上门。可是你父亲从来就不愿家里有朋友串门。他厌恶礼尚往来，彼此客套。他只喜欢要么上俱乐部，要么去酒吧间跟那些不三不四的人喝酒聊天。詹米和你也都一样，可是我不怪你们。你们在这个地方从来也就不会有机会碰见像模像样的人家。我知道要是你们能够结交上等人家的姑娘而不是……你们两个人的品行就会截然两样，你们也就永远不会像现在这样丢脸，弄得没有一个体面人家的父母愿让女儿跟你们在一起。

埃德蒙 （烦躁地）算了吧，妈妈，别提了！谁还在乎那些？什么体面人家的小姐，詹米和我才看不上眼呢！说到老头子，说了又有什么用？他的脾气是改不过来了。

玛丽 （机械式地责备）不要叫你父亲"老头子"。你应当尊敬他一些。（呆板地）我知道说也没用，可是有的时候我感觉太孤单了。（她嘴唇颤动，始终把头转了过去。）

埃德蒙 妈妈，不论怎样，您说话也该凭良心。最初也许是父亲的错，可是到了后来你自己也知道，即使他愿意，我们也不能请朋友到家里来——（知道说错了话，感到内疚，支支吾吾往下说）我是说，你也不会愿意请朋友来。

玛丽 （因刺痛而畏缩——嘴唇颤动，令人怜悯）不要再说了。你一提起那件事，我就受不了。

埃德蒙 别那样想。妈妈，求求您！我要想法子帮助您。因为对您来说忘记那件事是不好的，牢牢记住才对。记住了才能经常提防。过去发生的事情，您是知道的。（痛苦地）天啊，妈妈，您知道我多么不愿意跟您提起这件事。我提醒您只是因为这次您回家来一直过得很好，我们全家多么高兴。万一有什么不好——

玛丽 （苦恼地）孩子，求求你。我知道你是为我好，可是——（话声中再次流露出恐慌不安的情绪，又带有为自己辩护的意思）我不懂为什么你突然说出这种话来。今天早上究竟是什么使你想到这上头去的？

埃德蒙 （含糊其词）没有什么。也许是因为我自己身体不舒服、心情不好的缘故。

玛丽 跟我说实话吧。为什么突然之间你起了疑心？

埃德蒙 我没有起疑心呀！

玛丽 你呀，你当然起了疑心。你父亲和詹米也是一样 —— 尤其是詹米。

埃德蒙 妈妈，别胡思乱想了。

玛丽 （双手颤抖）一天到晚这样疑神疑鬼的，我的日子更加不好过了。我明明知道你们一个个都在偷偷地监视着我，没有一个人信任我，没有一个人对我放心。

埃德蒙 妈妈，没有那种事。我们都信赖您。

玛丽 要是有什么地方我可以去散散心多好，走开一天，即使是一个下午也好。要么有个女朋友我可以跟她谈谈心 —— 不谈正经事，只是说说笑笑，聊聊天，把别的事忘掉一刻也好 —— 但不要用人来陪 —— 不要那个蠢货凯思琳。

埃德蒙 （忧心忡忡地站立起来，一只手臂搂着她）妈妈，别再说了。您真是捕风捉影，自寻烦恼啊！

玛丽 你父亲总是往外面跑。一天到晚要么上酒吧间，要么去俱乐部跟他那帮不三不四的朋友聚会。你和詹米去找你们认识的小伙子。你们都往外跑。只有我一个人待在家里，我总是那么孤独。

埃德蒙 （安慰地）什么呀！你又冤枉人了。我们不是总有一个人在家跟你做伴，要么陪你出去坐车兜风。

玛丽 （抱怨地）那是你们怕我一个人在家会出事！（她跟他翻脸 —— 厉声地）我非要你告诉我，今天早上你的一举一动为什么那么特别——为什么感到非提醒我不可——

埃德蒙 （起先踌躇——接着心怀内疚，不禁冲口而出）那是我胡乱瞎猜。只是因为昨天晚上您来我房间的时候，我并没有睡着。您后来也没有回到您和爸爸的房间里，却去那间没有人住的房间，过了一夜。

玛丽 那是因为你父亲的鼾声弄得我神经错乱！上帝，难道我不是常常把那间空房当卧室吗？（抱怨地）可是我明白你的想法了。那次——

埃德蒙 （拼命抵赖）我没有想什么呀！

玛丽 所以你才装睡，以便偷偷地监视我！

埃德蒙 不是那样！我那样做是因为我知道您一发现我发烧睡不着，又要心烦意乱了。

玛丽 詹米也在那里装睡，你父亲也一定——

埃德蒙 妈妈，别再说了！

玛丽 哎，埃德蒙，我真受不了啦，连你也——！（两只手颤颤抖抖地拍拍自己的头发，显示出一副漫无目的、心不在焉的样子。突然说话声中流露一股异常的报复腔调）要是真的话，你们都罪有应得。

埃德蒙 妈妈！不要那样说！您上次也这样说的，当时——

玛丽 别再怀疑我了！孩子，求求你！你伤了我的心啊！我睡不着只是因为我对你不放心。这才是真正的原因！从你生病以来，我一直是那么担心。（她双手搂着他，以一种惊恐、爱护的慈祥紧紧地抱住他。）

埃德蒙 （安慰地）那倒大可不必。你明知道，我不过是患重感冒。

玛丽　　是的，不错，我知道！

埃德蒙　　妈妈，可是您要听我的。我要您答应我，即使是我得了什么更重的病，您也该明白，我很快就会好的，您不要急出病来，您一定要保重自己 ——

玛丽　　（惊慌地）我不要听你那套胡说八道！你没有任何理由说这些话，就好像有什么骇人听闻的事情要发生似的！当然啰，我会答应你的。我跟你发誓赌咒！（说到这里又不免抱怨起来）大概你心里在想，我从前也跟你发誓赌咒过。

埃德蒙　　我没有这样想！

玛丽　　（怨气渐消，只感到无可奈何）孩子，我不是责怪你呀。你也是身不由己啊！我们一个个都没有办法，怎么也忘不了。（异常地）就是因为这样才使人难受 —— 使我们全家人都难受。我们谁都忘不了。

埃德蒙　　（猛然抓住她的肩膀）妈妈！不要再说了！

玛丽　　好吧，孩子。我并不是存心要说这些使人丧气的话。不用管我好了。让我来摸摸你的头。嗨，摸上去好好的，凉爽爽的。你现在确实完全不发烧了。

埃德蒙　　还说什么忘不忘！就是因为您 ——

玛丽　　孩子，我不是蛮好的吗？（迅速而异常地，深思又近乎狡猾地看了他一眼）只是今天早上我不免感到有点疲倦，有点紧张，因为昨天一夜没有睡好。我实在该上楼去躺下，小睡一会儿再下来吃午饭。（埃德蒙本能地用怀疑的眼光望望他的母亲 —— 接着又感到惭愧，迅速往别处看。玛丽慌慌忙忙地往下说）你打算做什么？在这儿看看书吗？我看你还是出去吸吸新鲜空气，晒晒太阳好。不过要记住，不要晒得太厉害了，一定要戴上帽子。(说到这里她停住了,把眼睛直盯着埃德蒙。他避开了她的视线。两人都不吭声,紧张了一阵。接着,她又用嘲弄的口气说)也许你不放心我一个人留在家里吧?

埃德蒙 (痛苦地)不是这样!请别再这样说了!我看您还是去小睡一会儿。(他走到纱门前——勉强装出一副开玩笑的腔调)我要到院子里去给詹米打打气。我最喜欢躺在树荫里看着他干活儿。(他勉强哈哈一笑,她也跟着装作笑了起来。接着,他走出去到阳台上,又下了台阶退下。她第一个反应是如释重负,似乎不再紧张了。她一屁股坐在桌子后面一张藤椅上,把头向后仰,闭上眼睛。可是突然之间,她又非常紧张起来。她睁开了眼睛,挺身向前,显出了一副惊惶失措的样子。她开始与自己做殊死的斗争。她的瘦长的手指,因为患过风湿病显得翘曲、疙疙瘩瘩,这时不停地在椅子扶手上敲着,好像有它们自己的生命在驱策牵制着,完全不听她的支配。)

〔幕落〕

第 二 幕

第一场

景：同第一幕。约莫下午差一刻钟一点。右边的窗户已经没有阳光透射进来。外边天气依然晴朗，不过渐渐地闷热起来。空气中烟雾迷蒙，阳光显得朦胧。

〔埃德蒙坐在桌子左边的扶手椅上看书，或者更确切地说，他想看书但专不下心来。他似乎在侧耳倾听楼上有没有什么声响。他的神色紧张而忧虑，脸上的病容比前一幕中更为严重。

女仆凯思琳从后客厅进来，手上的托盘里端着一瓶上等威士忌，几只酒杯子和一罐冰水。她是一个丰满健美的爱尔兰乡下姑娘，二十来岁，黑发蓝眼，脸蛋红润俊秀——看上去人倒挺随和，就是笨头笨脑，粗手粗脚；一副心地善良可是奇蠢无比的样子。她把托盘放在桌上。埃德蒙装着全神贯注在书本上，没有看到她，但她却不管他的那一套。

凯思琳　（喋喋不休，不分上下）喂，拿来了威士忌。就要开午饭了。我去喊你父亲和詹米少爷，还是你自己去喊？

埃德蒙　（眼睛还是盯着书本）你去喊吧。

凯思琳　也真是怪事，你父亲为什么不看看表。每顿饭都开得挺晚的，就是为了等他。事后，布里奇特总是把我臭骂一顿，好像就该责怪我似的。可是你父亲即使是老了，还是一表人才，挺漂亮的。你一辈子也盼望不到像他那样漂亮——詹米少爷也盼望不到。（她痴痴地笑）我敢打赌，要是詹米少爷有自己的表的话，他是不会错过时间停下干活儿，赶回来喝酒的。

埃德蒙　（打消了不理睬她的念头，咧嘴笑了一笑）不想跟你打赌，你准赢的。

凯思琳　还有一件事跟你打赌，我准会赢的。你想办法让我去喊他们，你就可以乘机在他们没来之前先偷酒喝。

埃德蒙　真的吗？我还没有想到这——

凯思琳　没想到，那才怪呢！装得一本正经的样子。

埃德蒙　可是你既然提醒了我——

凯思琳　（突然显得拘谨）埃德蒙少爷，不要说这种话，我从来也不会劝人，不管是男的还是女的，去喝酒的。我还记得，我爱尔兰老家的一个叔叔不就是喝酒送了命的吗？（口气又和缓下来）话又说回来，有时喝点儿酒也没有害处，尤其是在情绪不好或者患重感冒的时候。

埃德蒙　多谢你替我想出了一条好理由。（接着，强装漫不经心的样子）你最好把我母亲也一同喊来。

凯思琳　干什么？她总是按时来到，用不着别人三请四催的。上帝保佑她，她对我们用人总还算体贴。

埃德蒙　　她在睡午觉呢。

凯思琳　　我刚才在楼上干完了活儿的时候,她还没有睡觉。她在那间没有人住的房子里躺着,一双眼睛睁得老大。她说,她头疼得厉害。

埃德蒙　　(他的漫不经心的样子显得更加勉强)哦,那么说,就只去喊喊我父亲好了。

凯思琳　　(走到纱门前,天性厚道地咕哝着)难怪我的两只脚每天晚上疼得要命。在这样热的天气,我才不走出去中暑呢。我就在阳台上喊喊。(她走到旁边阳台上,把纱门在她身后砰的一声关上,然后绕到前面阳台上去,人消失了。过了一会儿,听见她的声音在喊)蒂龙先生!詹米少爷!开饭了!(埃德蒙这时惊恐地盯着前方,忘了手中的书本,紧张不安地一跃而起。)

埃德蒙　　天哪,这个丫头!

(他抓过酒瓶来,倒了一杯,加了冰水,喝了起来。他正喝酒的时候,听见有人从前门进来。他慌忙把酒杯放回托盘上,自己又坐下来翻开书本。詹米从前客厅走进来,上衣搭在胳膊上,硬领子和领带也已经解了下来,拿在手里。他正用一条手帕不住地在额上擦汗。埃德蒙把头抬起来,好像看书受到了干扰。詹米一眼看见了酒瓶和酒杯,嘴角流露出嘲讽的笑容。)

詹米　　嘿,偷酒喝吗?小弟,别装模作样了。你是一个比我更蹩脚的演员。

埃德蒙　　(嬉皮笑脸)不错,我趁着机会喝了一点儿。

詹米　　(一只手温情地搭在他弟弟的肩上)这样才好。为什么要瞒我呢?咱俩不是一伙儿的吗?

埃德蒙　　我不知道是你进来。

詹米　我叫老头子看看他的表，凯思琳放开嗓门大喊的时候，我已经走到半路了。我们家这只爱尔兰的野云雀，好大的嗓门！她真该去车站当报站员。

埃德蒙　我正是受不了这个才喝酒的。你为什么不乘这个大好的机会偷偷地喝上一杯呢？

詹米　我想的正是这回事。(他迅速走到右边窗前)刚才老头子在跟那个老船长特纳聊天。那不是吗，他还在那儿。(他走了回来，喝了一杯酒)现在还是掩盖一下为好，他那双老鹰眼睛才锐利呢，每次倒一杯酒，他总是记得酒瓶里的酒的高低深浅。(他斟了两酒杯水倒在威士忌瓶里猛摇了几下)好啦，这下子看不出来了。(他又倒了一杯水，放在埃德蒙身旁的桌子上)这杯水是你喝的。

埃德蒙　妙极了！你认为这骗得过他吗？

詹米　也许骗不过，但是他也拿不出证据来。(一边扣上硬领，打起领带)我只希望他不要只顾自吹自擂而把午饭忘记了。我饿了。(他在桌子那边对着埃德蒙坐下——不耐烦地)我不喜欢在前面干活儿正是为了这个。不管是人是鬼走过，他都要跟人家聊上一大堆，以显显身手。

埃德蒙　(愁眉不展地)你还算走运，感到肚子饿。我感觉的倒是，我这辈子不再吃饭也没关系。

詹米　(关心地看了他一眼)听着，小弟。你是了解我的，我从来不教训你，不过哈迪医生的话也不错，他告诉你这种强烈的劣等威士忌还是不碰为妙。

埃德蒙　啊呀，等他今天下午把坏消息告诉我再戒酒不迟。在这以前先喝几杯也没什么关系。

詹米　　（犹豫了一下——然后，慢吞吞地）对于坏消息你心理上既然有了准备就很好。等医生告诉你时你就不会大吃一惊。（他意识到埃德蒙在盯着他）我的意思是，千真万确，你是真的病了，欺骗自己是错误的。

埃德蒙　　（心情不安）我才不欺骗自己呢。我那么难受自己还不明白，晚上又是发烧又是发冷的可不是开玩笑的事。看来哈迪医生上次猜得不错，一定又是他妈的患疟疾了。

詹米　　也许是吧，可是千万不要过于肯定。

埃德蒙　　怎么啦？照你看究竟是什么病呢？

詹米　　胡扯，我怎么知道？我又不是医生。（突然地）妈妈在哪儿？

埃德蒙　　在楼上。

詹米　　（扫了他一眼）她什么时候上楼的？

埃德蒙　　哦，大约是我来前院的时候。她说她要上去睡午觉。

詹米　　你没有告诉我——

埃德蒙　　（为自己辩解地）为什么我就该告诉你？究竟怎么回事？她昨晚一夜没有睡好。

詹米　　我知道她没有睡好。（稍停。兄弟两人相互回避直视对方。）

埃德蒙　　那支倒霉的雾角也弄得我一夜没有睡好。（兄弟俩又停了一会儿。）

詹米　　嗯，原来她一大清早都是一个人独自待在楼上吗？你见到过她吗？

埃德蒙　　没有。我一直在这儿看书。我要让她有机会睡睡觉。

詹米　　她下来吃午饭吗？

埃德蒙　　当然要下来的。

詹米 （干巴巴地）这件事情没有什么当然的。她也许不想吃午饭。要么她可能又要每顿都独自一个人在楼上吃了。以前就曾这样做过的，对吗？

埃德蒙 （又害怕又怨恨）詹米，住嘴！别的怎么不想，只想——？（入情入理地）你要是起什么疑心，那就全错了。刚才凯思琳还见到她。妈妈没有告诉她不下来吃饭。

詹米 那么说，她就不是在睡午觉？

埃德蒙 那时候没睡，可是凯思琳说她正躺在床上。

詹米 在那间没有人住的房子吗？

埃德蒙 不错。你真胡思乱想，就是在那间房子里那又怎样？

詹米 （发作起来）你这个笨蛋！你为什么让她独自一个人在那儿待那么久？为什么不去陪陪她？

埃德蒙 因为她责怪我——也责怪你，责怪爸爸——一天到晚总是偷偷地监视着她，不信任她。她使我感到惭愧。我知道她是多么难受。同时，她还发誓赌咒，答应——

詹米 （以讥讽而又不耐烦的口吻）你该知道她那一套是靠不住的。

埃德蒙 这次她倒是真话！

詹米 以前几次我们也以为她是真话。（他俯身在桌子上，亲切地一把抓住他弟弟的胳臂）小弟，听我说。我知道你认为我是一个玩世不恭的坏蛋，可是你要记住，这套把戏我见到的要比你多得多。你是上了预科之后才知道家里究竟出了什么意外的事。爸爸和我一直瞒着你。早在我们不得不把真情实况告诉你的十多年以前，我就知道了。我对她的那套把戏了如指掌。今天早上我一直都在想，昨天晚上她以为我们都睡了，她究竟干了些什么。我的脑子里一直就是在想这个问题。想不到你竟告诉我她一早上居然把你支走,独自一个人躲在楼上。

埃德蒙 她没有把我支走!你简直疯了!

詹米 (抚慰地)好吧,小弟。不要又跟我吵架了。我跟你一样,宁愿我是疯了。这阵子我高兴死了,因为我真的要相信这次——(他没有说下去——朝前客厅外边的过道望了一望——放低说话声,慌忙地)她下楼来了。还是你的话对。我真是个该死的多疑鬼。(他们俩都紧张起来,以充满希望而又害怕的心情等待着。詹米低声咕哝)该死!我该再多喝一杯。

埃德蒙 我也是。

(他神经质地干咳了两声,这却引起了真正的一阵大咳。詹米用忧虑而怜悯的眼光望了望他。玛丽从前客厅走进来。最初,她的外表看不出有什么不同,只是显得不像先前那样紧张不安,更像早饭后我们开始见到她的样子。后来,她的眼睛却现出了异样,更加明亮了,而且她的声音和举止也显得异常恍惚,仿佛她的言语和行动都有点魂不守舍。)

玛丽 (焦虑地走到埃德蒙跟前,用胳膊搂着他)你一定不要那样咳嗽。这样对你的喉咙不好。不要伤风还没好又加上喉咙痛。

(她亲了亲他。他停住了咳嗽,忧心忡忡地飞快看了她一眼,尽管他满腹狐疑,但是母亲的慈爱却又使他往好处想,而且暂时相信他所想要相信的一切。可是詹米用审视的眼光看了他母亲一眼,就知道他所怀疑的事情已经成为事实。他的一双眼睛往下盯着地板,脸上的表情既显得怨恨,又装出一副满不在乎的样子。玛丽还在说话,半坐在埃德蒙椅子的扶手上,她的胳膊搂着她,这样她的脸庞就在他的后面,使他无法正视她)我好像总是在挑你的毛病,不让你做这个,不让你做那个。孩子,原谅我吧,我只是要你爱护身体。

埃德蒙　妈，我知道。您自己怎样了？没歇一歇吗？

玛丽　是的，我的身子舒服多了。你到外边去的时候，我就到床上躺着，一直躺到现在。昨晚一夜没有睡好，我确实需要躺这样长的时间。我现在不感到紧张了。

埃德蒙　那就很好。(他伸手到自己肩上去拍拍她的手。詹米以一种奇异的、几乎又是藐视的眼光看了他一眼，不知他的弟弟是否说真话。埃德蒙没有注意到他的这种表情，可是他的母亲却见到了。)

玛丽　(勉强装出逗笑的口吻)天哪，詹米呀，你为什么显得这样垂头丧气？又有什么事啦！

詹米　(别过脸去不看她)没什么。

玛丽　哦，我忘了，你一直在前面花园干活。所以搞得情绪低落，是不是？

詹米　妈，随你怎么想好了。

玛丽　(保持她原有的口吻)你不是每次干点活，结果总是这样吗？你真是一个惯坏了的大宝宝！埃德蒙，你说是吗？

埃德蒙　他真是个傻瓜，干点活还怕别人说闲话。

玛丽　(异样地)不错，唯一的办法就是自己要不在乎。(她看到詹米怨恨地看了她一眼，又换了话题)你们的父亲呢？我听到凯思琳喊他。

埃德蒙　詹米说他还在跟老船长特纳闲聊。他老是这样，今天又要晚了。(詹米站立起来，走到右边窗前，乐于有个借口转过身去，背对着人。)

玛丽　我曾一再告诉过凯思琳，她应当去他所在的地方去请。这样高声喊叫，好像我们这里是那种下等的膳宿饭店一样。

詹米　(往窗户外面看)她现在走到那边去请了。(讥讽地)打断了著名的"金嗓子"的道白！她真是太不恭敬了。

玛丽 （厉声——吐出了她对詹米的不满情绪）你才应当对你父亲更加恭敬一点儿！不许再讥笑你的父亲了。我不允许你这样。你能做他的儿子，就该感到光荣！他也许有他的短处。谁又没有短处呢？可是他辛辛苦苦工作了一生。他出身虽然穷苦，一无所知，但是他在他那一行终究达到了登峰造极的地步。别人都佩服他，要看不起，还轮不到你——你这个人，只是有了这样一个好父亲，才有生以来从来没有吃过苦头！（詹米被刺痛了，转过身来，带有责备的对抗情绪，两眼瞪着他的母亲。玛丽的眼睛怯怯地游移着，深感内疚，又补充了一句，可是已经有点安抚的口气）詹米，别忘了，你父亲年纪不小了。你也真该多体贴一点儿。

詹米 你说我应该吗？

埃德蒙 啊呀，詹米，住口！（詹米又往窗外望）我的天，妈，为什么突然骂起詹米来了？

玛丽 （怨恨地）因为他总是讥笑别人，总是找别人最坏的毛病。（接着，突然奇怪地换了一种超然的客观口气）也许是他一生的遭遇使得他不得不这样，他自己也没有办法。生活的遭遇加在我们身上的倒霉的事，我们谁也不能抗拒。而且这些倒霉的事发生了，自己还莫名其妙，可是一旦发生了，还不得不跟着做别的事，弄到最后一切事情都不是出自自己的心愿，一辈子也是身不由己。（玛丽的异常表现使埃德蒙感到担心。他想要正眼看她，可是她把眼睛转开了。詹米转身看了她一眼——接着，赶紧又往窗外看。）

詹米 （无精打采地）我饿极了，真希望老头子动一动脚。他总是这样让别人等他吃饭，然后又抱怨菜凉，真让人受不了。

玛丽 （只是表面地和无意识地表示抱怨，其实内心并不在乎）不错，詹米，确实叫人难受。你不了解有多么难受。你用不着当家，不需要去对付那帮夏天临时的用人。他们明明知道不是长期的工作，做起事来什么都不在意。真正好的用人都去有家有业的人家干活儿，没有人愿去只是憩夏的人家。你父亲又连夏季短工最高的工钱都不肯出。所以每年我都得应付那帮又蠢又懒的新手。你们听我讲这些话也不止上千遍了，你们的父亲也是这样，可就是左耳进，右耳出，跟耳边风一样。他认为钱花在住家的房子上是浪费。他一辈子住惯了旅馆，当然，还不是上等旅馆，总是劣等旅馆。他不懂得什么是个家。他就是住在家里也感受不到家的滋味。可是他还是要一个家。他连有这所破破烂烂的房子还自鸣得意呢。他真喜欢这个地方呀。（她笑了一笑——似乎无可奈何，却又觉得好笑）想想看也确实是滑稽可笑。你父亲真是个怪人。

埃德蒙 （又惴惴不安地想正眼看她的眼睛）妈，你为什么扯得这样远？

玛丽 （赶紧显示出漫不经心的样子，拍拍埃德蒙的面颊）孩子，没有什么。我那股傻气又上来了。（她正在说着话，凯思琳从后客厅走进来了。）

凯思琳 （滔滔不绝地）太太，开饭了。你要我到园子里去喊蒂龙先生，我去了，他说他就来，可是他还是跟那个人说个不停，说他当年——

玛丽 （漠不关心地）凯思琳，好了。跟布里奇特说声对不起，只好再等几分钟，等蒂龙先生来了再开饭。（凯思琳咕哝一声："是，太太。"从后客厅走出去，自言自语地埋怨着。）

詹米　　讨厌！他没有来，为什么您就不让开饭。他叫我们先吃的。

玛丽　　（带着一丝冷漠的逗笑）他的话是那么说，心里却不是那样想的。难道你还不了解你父亲吗？要是我们先吃了，他会很不痛快的。

埃德蒙　　（跳了起来——似乎因为有了借口走开而感到高兴）我去催他快点儿来。（他走出去到旁边的阳台上。过了一会儿，只听见他从阳台上烦躁地喊）喂！爸爸！来吧！我们不能等一整天呀！（玛丽这时已经从她坐的椅子扶手上站起来。她的两只手在桌面上到处动来动去。她并没有向詹米那边望去，但却感到他投来怀疑的眼光，打量着她的脸和双手。）

玛丽　　（紧张地）你为什么这样盯着我？

詹米　　您自己知道。（他转过身来，向着窗户。）

玛丽　　我不知道。

詹米　　看在上帝的分上，您以为您能骗得过我吗？妈，我不是瞎了眼啊。

玛丽　　（这时正眼看着他，脸上又摆出一副茫然不知所云、坚决否认的神情）我不知道你在说些什么。

詹米　　不知道吗？在镜子里看看您那双眼睛吧！

埃德蒙　　（从阳台上走进来）我到底把爸爸催动了。他立刻就来。（一眼从詹米看到玛丽，他的母亲避开了他的眼光——心绪不宁地）出了什么事？妈妈，什么事呀？

玛丽　　（他的来临打乱了她原有的想法，她不禁流露出内疚、神情兴奋的情绪）你这个哥哥就该问心有愧，他一直在吞吞吐吐地挖苦我，不知他究竟想说些什么。

埃德蒙 （转向詹米）该死的。（他带着威胁的意味冲向詹米走了一步。詹米掉过头去，耸耸肩不予理睬，只眼睛向窗外望去。）

玛丽 （更加紧张，一把抓住埃德蒙的胳膊——慌乱地）马上住嘴，听见了吗？ 怎么敢在我面前说这种粗话！（忽然她的举止和口气又转回先前那种古怪、貌似公允的样子）你错怪了你的哥哥了。过去发生的一切把他弄成了这个样子，他自己没有办法。你父亲也没有办法。你我都没有办法。

埃德蒙 （害怕起来——在绝望中抱着一线希望）他胡说！ 完全是胡说八道，是不是，妈妈？

玛丽 （一直避开他的视线）胡说指的什么？ 你现在也跟詹米一样，说起话来叫人猜谜。（说到这里，她看到埃德蒙苦恼而责备的眼神。结结巴巴地）埃德蒙！ 别这样！（她把眼睛朝别处看，她的举止立即恢复了那种古古怪怪、貌似公允的样子——冷静地）喏，你父亲走上台阶了。我得去告诉布里奇特开饭。（她穿过后客厅走出去。埃德蒙缓慢地向他的椅子那边走去，脸色懊丧，毫无希望的样子。）

詹米 （还是站在窗前，并不回顾四周）还有什么说的？

埃德蒙 （还是不承认他哥哥的想法——有气无力地反诘）什么还有什么说的？ 我说你胡说。（詹米又耸一耸肩膀。只听见前面阳台纱门的开关声。埃德蒙单调无味地说）爸爸来了。他最好放松一下对酒的管制，让我们喝上一杯。（蒂龙从前客厅里进来，一面走一面穿上衣。）

蒂龙 对不起，我来晚了。特纳船长过来聊天，一打开话匣子就没完没了，你就无法脱身。

詹米　　（依然没有转身——冷冷地）您是说您打开话匣子吧。（他父亲瞧了他一眼，显示出一副厌恶的样子。他又走到桌子边，用衡量的眼光迅速地看了看瓶子里的威士忌。詹米没有转过身来，已经意识到了他父亲的所作所为）别担心了。瓶子里的酒还是那么多。

蒂龙　　我并没有注意那个。（挖苦地补上了一句）只要你在家里，酒瓶里剩下多少酒也就无所谓了。我对你的花招清楚得很啊！

埃德蒙　　（暗晦地）您是不是说，大家来喝一杯呢？

蒂龙　　（对他皱了皱眉头）詹米干了一早上苦活儿，请尽管喝好了，但是你却不在我邀请之列。哈迪医生说——

埃德蒙　　让哈迪医生见鬼吧！一杯酒也要不了我的命。爸爸，我感到——浑身没劲。

蒂龙　　（担心地瞧了他一眼——又装出一副兴致勃勃的样子）那么，你也来一杯吧。在饭前，我总是感到酌量地喝一点儿上等的威士忌，是再好不过的补药。（埃德蒙在他父亲把酒瓶递给他的时候，站起身来，替自己倒了一大杯。蒂龙皱起眉头表示告诫）我说，酌量地喝一点儿。（他自己倒了一杯，又把酒瓶递给詹米，嘴里咕哝着）告诉你"酌量"，那是白费口舌。（詹米并不理睬他父亲的暗示，替自己倒了一大杯酒。他父亲面有愠色——接着，收敛了面容，又随着鼓起兴致来，高举酒杯）好吧，祝大家健康快乐！（埃德蒙苦笑了一声。）

埃德蒙　　真是开玩笑！

蒂龙　　什么是开玩笑？

埃德蒙　　没什么。我敬您一杯。（大家喝酒。）

蒂龙　　（意识到气氛有点不对劲）怎么啦？屋子里沉闷得很，好像用刀子都可以划破。(气愤地转向詹米)你要一大杯就倒了一大杯,还要怎样? 为什么还是那样愁眉苦脸的?

詹米 (耸一耸肩)您过一会儿自己也会不高兴的。

埃德蒙 詹米,住口。

蒂龙 (这时也不自在起来,改换话题)该开饭了,我饿得就像饿狼一样。你妈呢?

玛丽 (穿过后客厅走回来,喊道)我在这儿。(她走进来,神情慌张,很不自在。她一边说话,一边用眼睛扫射四周,只是不看他们父子三人的脸)我好不容易才使布里奇特安静下来。她一听说你又来晚了,就火冒三丈,我倒不责怪她。要是你们的午饭老搁在炉子里烤干了,她说那才活该呢,你们爱吃不吃与她无关了!(她越说越生气)算了吧,我也受不了啦,再也不愿假装门面维持这个家! 你不分担我的劳累,一点儿都不肯出力帮忙! 你也不知道怎样安排家务! 你不是真正要一个家! 你从来没有要过一个家 —— 自从我们结婚的那天起! 你倒是做一条单身汉的好,住住蹩脚的旅馆,请请你的朋友上上酒吧!(她又以古怪的口气补充了一句,像是大声自言自语而不是跟蒂龙说话)那样的话,就什么也不会发生了。(大家瞪眼看着她。蒂龙现在明白了。突然他看上去成了憔悴、忧伤的老头子。埃德蒙望了他父亲一眼,看出来他明白了,但依然禁不住设法警告他母亲。)

埃德蒙 妈,别再说了。我们都去吃饭吧。

玛丽 (吃了一惊,但脸上立刻又装出那种貌似公允的古怪样子。她甚至还露出了笑容,好像有什么讥讽的事使她暗自好笑)不错,我明明知道你父亲和詹米都饿极了,这个时候还翻老账,真是太不体贴人了。(一只手搂着埃德蒙的肩膀 —— 表现出慈母的关怀,同时又显得冷漠)孩子,我真希望你的胃口好,你真该多吃点儿东西。(她的眼睛忽然盯着他身旁桌上的那只威士忌酒杯——厉声地问)为什么放一只酒杯在那儿?你喝了一杯酒吗?你怎么这样傻啊?难道你不知道这是对你最有害的东西吗?(她转身责怪蒂龙)詹姆斯,都怪你不好。你怎么能让他喝呢?你是要送他的命吗?难道你不记得我父亲吗?他生了病以后还是不肯戒酒。他还说医生都是傻瓜!他跟你一样,把威士忌当作好补药!(她眼中显出恐怖的神色,说话也结巴起来)当然,这是不能相比的,完全是两回事。我不知道我为什么——詹姆斯,我骂了你,请原谅我。其实喝一小杯对埃德蒙也不会有什么害处,也许还会有好处,可以使他开开胃。(她开玩笑地拍拍埃德蒙的面颊,那种貌似公允的古怪态度又在她的举止中出现。埃德蒙把头一扭,她似乎没有注意到,但是本能地走开了。)

詹米 (粗声粗气地,以掩饰自己的神经紧张)看在上帝的分上,让我们去吃饭吧。我在树篱底下脏泥巴里干了一早上活儿,总可以挣一碗饭吃了吧。(他绕过他父亲背后走上前来,眼睛不看他母亲,伸手抓住埃德蒙的肩膀)小弟,来吧。咱们去把肚子填饱。(埃德蒙站起身来,眼睛一直避开他母亲。他们在她身旁走过,往后客厅走去。)

蒂龙 (暗晦地)好吧,孩子们,跟妈妈先去。我一会儿就来。
(可是他们只顾往前走,并没有等候她。她望着他们的背影,心里难受可也无可奈何。他们走进后客厅的时候,她刚要跟着他们走进去,蒂龙的眼睛盯着她,眼神中充满了忧伤和责备。她感觉到了蒂龙这样看她,猛地转过身来,但避免接触他的视线。)

玛丽 你为什么那样盯着我呢?(她急忙举起她的两手,掠一掠头发）我的头发垂下来了吗？昨晚我一夜没有睡好，疲乏得要命。所以我认为今天早上还是躺一会儿好，昏昏沉沉就睡着了，睡了一觉精神好多了。可是我醒了以后确实又梳头了。（勉强一笑）尽管我还是老样子，眼镜又找不到了。（厉声）请别那样瞪着眼看人了！别人还以为我犯了什么法——（又恳求地）詹姆斯！你不明白！

蒂龙 （暗地生气）我明白极了，我相信了你的话，我是一个头号的傻瓜！（他从她身旁走开，给自己倒了一大杯酒。）

玛丽 （脸上现出一副固执、对抗的神情）我不明白你说的"相信了我的话"是什么意思。我只感到所有的人都不信任我，都在监视着我，怀疑我。（接着，指责他）你怎么又要喝一杯酒？你在午饭前向来都只是喝一杯的。（沉痛地）我知道再下去会发生什么事。今晚你又要大醉了。好吧，这也不是第一次——也许是一千次了，是吗？（她又不由自主地再恳求）詹姆斯，求求你！你真不懂得我的心事！我是多么担心埃德蒙啊！我怕他——

蒂龙 玛丽，我不要听你那些搪塞的话。

玛丽 （受打击地）搪塞？你的意思是——？哎呀，你千万不要以为我又是那样！詹姆斯，你一定不要往那个上面去想！（接着，不知不觉又变成那种貌似公允的古怪样子——漫不经心地）咱们也去吃午饭吧？我是吃不下的，你确实饿坏了。（他缓步走到门口她站立的地方。他走路的样子就像个老态龙钟的老头子。他走到她身边时，她引人同情地哭喊出来）詹姆斯，我想办法不这样！我千方百计不这样！请相信——！

蒂龙 （虽然气愤，但仍然动了恻隐之心——无能为力地）玛丽，我知道你千方百计不这样。(痛苦万分地)看在上帝的分上,难道你就没有继续努力的力量?

玛丽 (脸上又出现固执、对抗的神色)我不明白你在说些什么。有继续努力的力量去做什么?

蒂龙 (绝望地)算了吧。现在说也没有用了。(他挪动身子往前走,她在他身旁跟着,两人走进后客厅下。)

〔幕落〕

第二场

景：同前，大约半小时以后。桌上的一瓶威士忌酒连同托盘已经拿走。

〔幕启时，全家吃完午饭正回到起居室。玛丽第一个从后客厅走进来，她的丈夫跟在后面。他不像第一幕开场时吃完早点和她一同进来那样亲热，而是极力避免碰着她，或者不正眼看她。他的脸上浮现着责备的神色，而且已经带有衰老、疲惫、听天由命的形态。詹米和埃德蒙跟在父亲后面。詹米板起一副铁青的面孔，表现出玩世不恭、别人无可奈何的样子。埃德蒙极力仿效这种别人无可奈何的样子，但力不从心，人们一望而知，他心情沮丧，而且身罹疾病。

〔玛丽又显得神经非常紧张，好像陪着全家人吃这顿午饭，紧张的心情简直使她受不了。可是就在这个时候，她又表现了一种截然不同的态度，她更加显露了她那种超然的古怪表情,这似乎跟她的神经紧张和使她神经紧张的那些忧虑毫不相干。她一面走进来一面说着话——嘴里说出了一连串漫不经心的、在家里一天到晚说的家常话。她似乎并不介意别人不把她在说些什么放在心上,就跟她自己也不放在心上一样。她边说边走,走到桌子的左边站着,脸朝向前方,一只手摸索着胸前的衣襟,另一只手在桌面上乱动。蒂龙点燃一支雪茄,走到纱门前,向外凝视着。詹米从后边书橱顶上的罐子里抓了些烟丝,装满了烟斗。他一边点燃烟斗一边走到右首窗户前往外望。埃德蒙在桌旁一把椅子上坐下,掉过半边身子背着他的母亲,免得看到她。

玛丽 找布里奇特的茬儿一点儿用处也没有。她是决不会理会的。我吓唬不了她,她反倒要挟说要走。再说,她有时确实顶卖力的。可是不巧得很每次她想卖力,詹姆斯,你却偏偏总是晚到。还好,没有多大关系。她卖力不卖力做出来的菜也吃不出什么差别来。(她扑哧一笑,貌以公允,态度冷漠)没关系。谢天谢地,夏天就要过去了。你又要上台演戏了,我们也可回到来往坐火车、住蹩脚旅馆的生活。尽管我也讨厌这些蹩脚的旅馆,可是至少我不拿它们当作家一样看待,而且也没有家务操心。我们没有理由指望要布里奇特或者凯思琳把这个地方当成一个家来操劳。她们知道这不是我们的家,就跟我们不拿它当作一个家一样。这里从来就不是一个家,而且将来也永远不会是一个家。

蒂龙 (抱怨地,也不转过身来)当然,这个地方今后永远也不能算是一个家了。可是这里也曾经是一个家,在你没有——

玛丽 （脸上立刻摆出一副完全否认的样子）在我没有什么？（大家都没吭声。她又继续恢复了她那种貌似公允的神态）算了吧，不要再争吵了。不管你说的是什么，都是不对的。你从来就没有把这个地方当作一个家。你总是喜欢上俱乐部，要么就是上酒吧间。而对我来说呢，这里老是那么孤孤单单，冷冷清清，就像一家专供人只歇一晚就离开的肮脏旅馆。真是在自己的家里是决不会孤单冷清的。从我的生活体会中，我知道一个家该是什么样的，你大概忘记了。为了嫁给你，我离开了一个真正的家——我父亲的家。（脑子里的一种联想使她立刻转向埃德蒙。她的态度一变而为慈母的关怀，但其中仍带有那种貌似公允的古怪意味）埃德蒙，我真为你担心。你午饭简直一点东西都没有吃。这样身体可不行啊！我胃口不好关系不大，我近来太胖了。可是你得好好吃东西。（好言相劝，十足的妈妈相）孩子，答应我为了我你要吃东西。

埃德蒙 （呆板地）是的，妈妈。

玛丽 （拍拍他的面颊，他勉强不退缩）这才是好孩子。（大家又一声不吭。接着，前面过道里的电话铃响，他们所有的人不约而同惊异地愣住了。）

蒂龙 （急速地）我去接。麦圭尔说过要打电话给我的。（他穿过前客厅走出去。）

玛丽 （漠不关心地）麦圭尔。他一定又有一块地皮要脱手，除了你父亲以外决不会有人打算去买的。现在不去管它了，可是我总是一直在想，你父亲有钱一再买地产，但是一辈子却没有钱给我安置一个家。（这时过道里传来了蒂龙的声音，她停下来仔细听。）

蒂龙　　哈啰。（勉强装出亲切的样子）哦，是您，大夫，您可好？（詹米从窗前转过身来。玛丽的手指更加急促地在桌面上闪动。蒂龙说话的声音极力掩饰，显示出电话传来的是不祥的消息）我明白了——（赶紧补上一句）那么，你今天下午见到他的时候再详详细细地谈吧。不错，他一定会到您那里去的。下午四点。在他来以前我会顺便来跟您谈谈。我本来就有事要上城里来。再见，大夫。

埃德蒙　　（呆板地）这话听上去不像是好消息。（詹米怜悯地看了他一眼——接着，又往窗外望。玛丽面无人色，两只手慌乱地乱动。蒂龙走了进来。他开口跟埃德蒙说话，口气装得漫不经心，但是紧张情绪却是显而易见的。）

蒂龙　　是哈迪医生来的电话。他要你下午四点千万去看他。

埃德蒙　　（呆板地）他说了些什么？当然，这并不是我现在就在意起来了。

玛丽　　（激昂地脱口而出）哈迪医生就是按着一大堆《圣经》赌咒发誓，我也不信他的话。埃德蒙，不管他说什么，你千万不要理他。

蒂龙　　（厉声）玛丽！

玛丽　　（更加激昂）哦，詹姆斯，我们都了解你为什么那样喜欢他！因为他看病便宜！请不要想方设法来说服我！我知道哈迪医生的底细。在他手里折腾了这些年头，确实也应当知道。他是不学无术的庸医！像他这一类的医生就应该有法律来取缔。他什么也不懂——当你痛苦万分、死去活来的时候，他只是坐在那里，拉住你的手，喋喋不休地说教，要你意志坚强！（她回忆起了过去发生的事情，脸上线条扭曲，显出极端痛苦的表情。就在这个时刻,她失去了持重的能力,恨极而大骂)他存心使你丢脸!逼得你哀求他!恳求他!他拿你当犯人看待!他不学无术!正是这一类害人的庸医当初给你开了那张药方——而你呢,也不知道开的究竟是什么药,等到知道了就已经太晚了!(怒气冲冲)我恨透了医生!他们什么事都干得出来——什么害人的事都干得出来,只要能使你三天两趟地去求教他们。他们会出卖自己的灵魂!更可恶的是,他们还要出卖你的灵魂,而且你还一直蒙在鼓里,有朝一日你知道了,你已经下了地狱!

埃德蒙 妈妈!看在上帝的分上,别再说了。

蒂龙 (抖颤地)是啊,玛丽,现在不是时候——

玛丽 (忽然一阵内疚的情绪又使她清醒过来——结结巴巴地)我——请原谅我。你的话不错,现在生气也无济于事了。(大家又一次一声不吭。她再开口说话的时候,脸上的怒容已经消失,显得安稳宁静,她的举止和声音中表现出一种神秘的超然态度)对不起,我要上楼去待一会儿。我得梳梳头发。(她笑容可掬地又补充了一句)事情是这样,要是我能够找到我的眼镜就好了。我会马上就下来。

蒂龙 (玛丽刚要跨出门时——他带着央求和责备的口吻)玛丽!

玛丽 (转过身子冷静地望着他)喂,干吗?什么事?

蒂龙 (无能为力地)没什么。

玛丽 (露出一种古怪的冷笑)要是你这样不放心的话,欢迎你上楼来监视我。

蒂龙 看着你又能发生什么作用!你尽可以随意待多久。况且我又不是你的看守。这里也不是监狱。

玛丽　　当然不是。我却知道你一直把这里当成一个家。(她感到惭愧，又以貌似公允的口吻赶紧补充了一句)啊呀！对不起。我不该抱怨。这不是你的错。(她掉转身子，穿过后客厅下。留在房间里的三个人仍然一声不吭，好像要等到她上了楼之后才敢开口说话。)

詹米　　(冷嘲热讽，残酷无情)再去在胳膊上扎一支吗啡针！

埃德蒙　　(怒声)不许这样胡说！

蒂龙　　说得对！闭上你那张脏嘴，不许学百老汇那帮流氓叫人恶心的腔调！难道你对母亲没有一点怜悯之心，不讲一点体面吗？(大发脾气)你这种人就该一脚踢到阴沟里去！可是我真的把你踢出去，谁又要哭哭啼啼，给你求情，为你辩解，替你抱怨，最后我还不得不让你回来，你心里清清楚楚。

詹米　　(脸上浮现一阵痛苦的抽搐)天哪，我怎么不知道？您说我对她没有怜悯之心吗？我对她的怜悯之心可以说无以复加。我懂得她的苦处，好一件不容易克服的困难——您压根儿也没有遭受过啊！至于我说话的腔调，并不说明我没有良心。我只不过把大家知道的事情坦白地说出来罢了，这件事情我们要隐瞒也隐瞒不了，现在又得对付了。(抱怨地)各种各样戒毒的法子只见效一会儿，都没有真正的用处。老实说这玩意儿是没有法子戒掉的，我们一直都那么傻，还在希望——(玩世不恭地)上了毒瘾的人从来就没有回头的！

埃德蒙　　(挖苦地模仿他哥哥那种玩世不恭的口吻)上了毒瘾的人从来就没有回头的！一切都听天由命！人生就是一个大骗局！我们都是受骗的人，都是蠢货！我们都是逃脱不了摆布的！(轻视地)天哪，还好我的想法跟你不一样——！

詹米 （一时被刺痛——随即又耸耸肩，冷冰冰地）我还以为你的想法跟我一样呢。你写的那些诗也不是太乐观。你所读的、你所称赞的那些作品也不是那么生气蓬勃。（他用手向后面的小书橱一指）比方说，你最崇拜的那个作家，名字叫什么的，我可念不上来。

埃德蒙 尼采。你提到这些东西，你根本就不懂。你从来就没有读过他的作品。

詹米 别的我都不懂，只知道这堆书都是骗人的玩意儿。

蒂龙 你们两个都给我住口。真是半斤八两，你从百老汇的流氓那里学来的那套处世哲学，跟埃德蒙从书本上啃出来的那套还不是不相上下，都是腐朽透顶的人世观。你们两个人都糟蹋了生育你们、抚育你们的信仰——天主教的独一无二的真信仰——你们这种背叛带来的不是别的，只是毁灭了自己！（他的两个儿子轻视地望着他。他们忘了彼此的争论，在这个问题上联合起来对付他们的父亲。）

埃德蒙 爸爸，那是骗人的话！

詹米 至少我们不假装是虔诚的教徒。（嘲讽地）可我也没有看到你的裤子因为时常做弥撒而膝盖破了洞。

蒂龙 在遵守戒律方面，我承认我不是一个好天主教徒，上帝宽恕我。可是我是虔诚的。（生气）你们真是胡言乱语！我虽不去上教堂，可每天早晚我都跪下来向上帝祈祷啊！

埃德蒙 （辛辣地）您为妈妈祈祷过吗？

蒂龙 当然祈祷过。这么许多年来我一直为你妈妈向上帝祈祷。

埃德蒙 这样说来尼采的话就说得很对。（他引用尼采的作品《查拉图斯特拉如是说》中的词句）"上帝死了：上帝是为了怜悯世人而死的。"

蒂龙 （不理会他说的话）要是你母亲也祈祷就好了——她倒没有背叛她的信仰，可是却把它忘了，弄到如今在精神上已经没有力量去抵抗这种倒霉的事。（随即呆呆地，无计可施）可是，光说说又有什么用呢？我们以前忍受过这种折磨，现在只好再一次承受。毫无办法。（抱怨地）恨只恨她这次不该让我抱有希望。天哪，从今以后我决不再上当受骗了。

埃德蒙 爸爸，这样说太不讲情理了！（顽抗地）不管您怎样，我还是要抱希望的！她不过刚刚开始，还没有到不可救药的地步。她仍旧是可以戒毒的。我去跟她说说。

詹米 （耸耸肩）这个时候你没法子跟她说。她会听你说，可是事实上她并没有在听。她人在这儿，可是心已不在了。你知道她那种样子。

蒂龙 不错。吸毒一上了瘾就永远是这样。从此以后，每天她都沉浸在吗啡的洪流里跟我们若即若离，一直等到夜晚她就——

埃德蒙 （痛苦地）不要再说了，爸爸！（从椅子上跳起来）我去穿上衣服。（他一边走，一边抱怨）我要吵吵嚷嚷的，她就不会疑心我是去偷偷地监视她了。（他穿过前客厅下，只听见他咚咚上楼的脚步声。）

詹米 （停顿了一会儿）哈迪医生说了小弟些什么？

蒂龙 （呆呆地）你想得不错。他患了痨病。

詹米 他妈的！

蒂龙 医生说已经确诊，毫无疑问了。

詹米 那么他得去住疗养院了。

蒂龙 是啊，而且还越快越好，哈迪医生说，为了他，也为了他周围的人。他认为只要埃德蒙肯听话，一年半载他的病就可以治好的。(长叹了一声——沮丧，怨天尤人地)我万万没有想到我自己的孩子会——这种病绝不是我家这边遗传给他的。我家的人一个个肺部强壮得像一头牛那样。

詹米 谁有闲工夫去管那一笔账！哈迪医生打算把他送到什么地方去？

蒂龙 我就是要去找他谈这件事。

詹米 好吧，看在上帝的分上，给他挑一个好地方，不要为了贪图便宜把他送到什么肮脏的地方。

蒂龙 (被刺痛了)哈迪医生认为哪儿最好，我就送他到哪儿去！

詹米 那么，请不要在哈迪医生面前倾诉你那哭穷的老调，什么上税呀，还债呀，说上那么一大堆。

蒂龙 我又不是百万富翁，可以挥金如土！为什么我不该跟哈迪医生说实话？

詹米 因为他一听会以为你打算要他挑一个价钱便宜的脏地方，因为他明白你说的不是实话——尤其是如果他后来又听说你曾去找过麦圭尔，让那个说谎说得漂漂亮亮的、不务正业的经纪人诱你上了钩，买下了另外一块蹩脚的地皮。

蒂龙 (勃然大怒)不要管我的事！

詹米 这是埃德蒙的事。我所担心的是，凭你那种穷爱尔兰佬的心理，会认为痨病是无可救药的，犯不着白花钱，敷衍了事就算了。

蒂龙 简直是胡说八道。

詹米 好。只要你证实我是胡说八道。我所要的就是这个。要不然我就不提了。

蒂龙　（满腔怒火）我非常相信埃德蒙的病是会治好的。还有，请闭上你那张脏嘴，不许辱骂爱尔兰！你还配说这种挖苦话，自己长得一脸的爱尔兰人相！

詹米　　只要洗洗脸就不像了。（说了这句辱骂祖国的话之后，乘他父亲还没来得及回话又耸耸肩，淡淡地补充了一句）好吧，我该说的都说了。现在就看你的了。（突然地）你自己要进城，今天下午你要我干什么活呢？在树篱上我能做的都做过了，只等你再去剪。你是不要我修剪树篱的，这一点我很清楚。

蒂龙　　当然不要。你一剪就剪歪了，你什么事也做不好。

詹米　　那么我还是陪埃德蒙进城吧。他得到这个坏消息，再加上妈妈发生的事，一定会使他很伤心。

蒂龙　（忘掉刚才的争吵）对，詹米，陪他去。要是可能的话，给他打打气。（挖苦地补充了一句）要是真的能帮帮他，而不是找借口喝得醉醺醺的那才好呢！

詹米　　身上没有钱还谈什么醉醺醺的？据我所知道的，酒还是要卖钱的，不是白给的。（他起身走向前客厅门口）我要去换衣服。（他走到门口看到他母亲从过道里走过来，停了脚步闪身站在一旁，让她进来。她的眼睛显得比先前更明亮，举止更超脱。在这一场过程中，这种改变越来越明显。）

玛丽　（痴呆地）詹米，你有没有在什么地方看见我的眼镜？（眼睛没有望着詹米。詹米朝别处看，没有理会她提出的问题，但她也好像不希望有人回答。她上前来对她丈夫说话，眼睛也没有望着他）詹姆斯，你有没有看见？（詹米在她身后乘机穿过前客厅溜走了。）

蒂龙　（转过身来朝纱门外看）没有，玛丽。

073

玛丽 詹米又怎么啦？你是不是又在找他的茬儿呢？你不该老是那样看不起他。老实说，不是他的过错。要是他在一个真正的家中长大成人，他肯定不会弄成今天这个样子。（她走到右首的窗前——柔和地）你预测天气的本领并不怎么高明。你瞧，雾气蒙蒙的，我简直看不清对岸了。

蒂龙 （装出自然的口吻）是的，我估计得过早了。我担心今天夜里我们可能又要碰上一场大雾。

玛丽 哦，那没关系。今天晚上我不在乎了。

蒂龙 我想你今晚也不会在乎了，玛丽。

玛丽 （瞟了他一眼——稍停）我没有看见詹米到前面树篱那儿去。他上哪儿去了？

蒂龙 他要陪埃德蒙上医生那儿去。他上楼换衣服去了。（接着，乘机找个借口离开了她）我也要上楼去换换衣服，不然的话，俱乐部的约会我又要迟到了。（他刚起身向前客厅的门口走去，她感情冲动地迅速伸出手去一把抓住了他的胳膊。）

玛丽 （声音里带着央求的口吻）请你还是不要去。我不愿意一个人待在这儿。（紧接着说）我的意思是说，时间还早着呢。你不是说过大话，你穿起衣服来只需要两个孩子十分之一的时间。（痴呆地）我有一句话要对你说。是什么呀？我又忘了。詹米要进城这很好，但愿你没有给他钱。

蒂龙 我没有给。

玛丽 他有了钱就去买酒喝。你是知道的，他一喝醉了，就满口胡言，出口伤人。我倒不在乎他今天晚上说了些什么，可是他总弄得你受不了，大发雷霆，特别是你自己也喝醉了的时候，就像今天晚上你准会喝醉的那样。

蒂龙　　（显然不满地）我今晚不会醉的。我从来也没有醉过。

玛丽　　（冷漠地逗他）当然，你肯定是撑得住的。你一贯都是撑得住的。陌生的人真不容易看出来你醉了，可是我们结婚三十五年了——

蒂龙　　我有生以来就没有因酒醉误过一场戏，这就是最好的见证！（接着又怨恨地）即使我喝醉了也不该你来责备我，我的理由也是最充分不过的。

玛丽　　理由？什么理由？你一到俱乐部，就大喝一顿，对吗？尤其是跟麦圭尔碰在一起的时候。他看透了这点。不要以为我在吹毛求疵，你爱怎么做就怎么做好了。我倒不在乎。

蒂龙　　我知道你是不在乎的。（他又转向前客厅，急于走出）我得去换衣服了。

玛丽　　（又伸出手来抓住他的胳膊——央求地）不要走，请等一会儿。至少等到两个孩子有一个下来。过一会儿，你们又要把我丢下了。

蒂龙　　（又抱怨又忧伤）玛丽，是你丢下我们的。

玛丽　　我？詹姆斯，说这句话真糊涂。我怎么能离开？我哪有地方可以去。我出去看谁呢？我又没有朋友。

蒂龙　　那是你自己的过错——（忽然停住，迷惑地叹了一口气——劝导地）玛丽，今天下午有一件事你肯定可以去做一做，对你的心身都有益处。坐汽车兜兜风，出去走走，晒晒太阳，换换空气。（愠怒地）我就是为了你才买那辆汽车。你知道我并不喜欢那种倒霉的玩意儿。我宁愿走路，或者坐电车。（越说越气）我把汽车放在家里就是等着你从疗养院回来用的。我满心希望坐坐汽车会使你愉快，消愁解闷。前些日子你还天天坐坐，可是近来简直就不用车了。我虽然手头很紧，还是花了那一大笔钱买了这辆汽车，而且雇了一个司机，管他吃住。不管他开不开车，得给他那样高的工钱。（抱怨地）浪费！老是这样浪费，我年纪老了，非住进贫民院里去不可！有了车不坐，对你有什么好处？我倒不如把钱白白扔到窗外去。

玛丽 （心平气和，貌似公允）不错，詹姆斯，钱是白花了。怪只怪你不该买那辆旧汽车。你这次又受骗了，你总是上当，因为你老是贪便宜买旧货。

蒂龙 那是最好的一种牌子的汽车。大家都说比新车还要好！

玛丽 （驳斥他的这句话）还有雇斯迈思这件事，也是一种浪费。他不过是汽车行里的一个帮手，从来也没有做过司机。我知道他的工资没有真正的司机那样高，可是他把车送到车行去修理却捞到了油水，他的收入就比他们多了。车老是不是这样坏了就是那样坏了，都是斯迈思捣的鬼。

蒂龙 我才不信呢！他虽然不是那一种时髦的百万富翁家的司机，可是他人倒还老实啊！你怎样弄得像詹米那样，逢人就起疑心！

玛丽 请你不必生气。你把车给了我，我也没有生气。我知道你不是存心要我丢脸。我也知道这是你待人做事的办法，要改也改不了的。其实我很感激你，也很感动。我知道买一辆汽车对你来说并不是轻而易举的事，这说明你是多么爱我，尤其是你明明知道这对我不见得会有什么好处。

蒂龙 玛丽！（他突然把她搂在怀里——心碎地）亲爱的玛丽！为了上帝的恩典，为了我，为了孩子，为了你自己，你就从此戒掉，好吧？

玛丽 （心乱如麻，深感内疚，结结巴巴地）我——詹姆斯！请你别——（立刻又恢复了她那种抵死不认的古怪态度）戒掉什么？你在说些什么呀？（他伤心地把搂住她的胳膊垂了下来，她感情冲动地用胳膊搂住他）詹姆斯！我们彼此相爱过！我们永远相爱吧！我们千万要记住，不要去理解我们所不能理解的事，也不要硬去弥补我们所不能弥补的事情——那些命中注定、我们不能辩解、无法说明的事情。

蒂龙 （好像没有听见她的话——抱怨地）你难道试都不愿试一下吗？

玛丽 （她的胳膊绝望地垂了下来。掉转身子——貌似公允地）你是说，今天下午要我去试试坐车兜风吗？好吧，你要我去我就去，可是一个人出去逛，我会感到比待在这里还更孤单。我又没有人可以邀请陪我一道兜风，也从不知道叫斯迈思把车开到哪儿去。要是有个朋友的家我可以去坐坐，说说笑笑也好。可是我哪有过一个朋友，我从来就没有过朋友。（她的态度越说越显得疏远）在修道院的时候，我有那么多的朋友。同学们的家人都住在漂亮的房子里。我经常去她们家玩，她们也常来我家。可是后来我嫁给了一个演员——你也知道那个时候别人是怎样对待演员的——她们中的许多人都不理睬我了。后来，我们刚结婚之后，又出了一桩丑事。你从前的那个姘头到法院去控告你。从那个时候起，我所有的老朋友要么可怜我，要么见了面装作不认识。我倒不在乎别人跟我绝交，我最恨那些可怜我的人。

蒂龙 （愧恨交集）看在上帝的分上，不要再去翻那些早已忘到九霄云外的旧账了。现在还是刚到下午，你已经想到过去那么

077

久的事了，今天晚上又怎么得了呢？

玛丽 （对抗地盯了他一眼）我倒想起来了，我确实要坐车进城跑一趟。我得上药房去买点东西。

蒂龙 （既抱怨又藐视）干脆你自己去弄些那种货色藏起来，弄个处方之后可多买一些。我倒希望你事前囤积预备一大堆，至少可以免得我们像那天晚上一样，你大哭大叫地嚷着要；半疯半癫地穿着睡衣往屋子外面跑，要跳到海里去寻死！

玛丽 （尽量把这句话当耳边风）我要进城去买牙粉、香皂，还有雪花膏——（情不自禁地痛哭起来，令人怜悯地）詹姆斯！不要提了！你不该这样羞辱我！

蒂龙 （深感羞愧）真对不起。玛丽，饶恕我吧！

玛丽 （又貌似公允地维护自己）没有关系。根本就没有那回事，是你做梦做出来的吧！（他绝望地瞪眼看着她。她的声音飘飘然，似乎越飘越远）埃德蒙出生以前，我的身体多么健壮。你该记得，詹姆斯。我浑身没有一点儿病痛。即使是跟着你一季又一季地东奔西跑，一个星期又一个星期地每到一处只演一场戏，坐的是没有卧铺车厢的火车，住的是污秽旅馆里肮脏的房间，吃的是不三不四的东西，还在旅馆生孩子，我却还是那么健壮。可是生了埃德蒙，我就再也受不住了。他生出来之后，我病得那么厉害，旅馆里那个一文不值的庸医——他只知道我很疼痛。止痛对他来说是轻而易举的。

蒂龙 玛丽！看在上帝的分上，把过去的事忘了吧！

玛丽 （古怪地泰然自若）为什么要忘了？我怎能忘了？过去不就是现在吗？也就是将来啊！我们个个都想撒谎，只当没有过那一回事，可是现实生活却不放过我们。（接着说了下去)怪只怪我自己。尤金死了之后我发誓再也不生孩子了。他死是怪我不好。要不是你三番两次地写信来说你想念我,你一个人是这样地孤单,我就不会把他留在家里让我母亲照管,詹米生着疹子也决不会许可往小宝宝房间里跑。(她的脸色沉了下来)我总是认为詹米是有意害他的。他嫉妒宝宝,他恨他。(蒂龙正要开口辩驳)我知道詹米那时候只有七岁,但是他从小就机灵聪明的。大人三番两次告诉他不要接近宝宝,这会送掉他的小命,他是明明知道的。为了这个,我永远也不能够宽恕他。

蒂龙 (又抱怨,又伤心)你又提起尤金来了吗?难道你就不能让我们这个死去的小宝宝安息吗?

玛丽 (装作好像没有听见他的话)这都是我的过错。我就该拿定主意跟他在一起,不要只是为了爱你,就听你的话而赶来陪着你。尤其是,我更不该听你一再怂恿要我再生个孩子来代替尤金,以为这样就可以使我忘掉尤金的死这回事。从那个时候我才体会到孩子应该生在自己的家里,才能长大成为好孩子,女人家也需要有自己的家,才能做好母亲。我怀着埃德蒙的时候,心里一直很害怕。我知道一定不会有什么好结果。我知道像我那样丢下尤金不管,我是不配再生孩子的,而且要是我生了,上帝也要惩罚我的。我是决不该生埃德蒙的。

蒂龙 (不安地向前客厅扫了一眼)玛丽!说话得当心一点儿。要是埃德蒙听到了,他会以为你压根儿就不要他。他已经够难受的了,不要再——

玛丽 (暴跳如雷)胡说八道!我真心实意地要他!他是我的命

根子，比什么都宝贵！你一点儿也不懂。我的意思是为他好。他从来就没有快活过。他永远也不会快活，身体也总是那样单薄。他一生下来就是神经质，太敏感，这些都是我的过错。现在他又病得那么厉害，我总是想起尤金和我的父亲，心里害怕极了，又感到良心的不安——（接着，突然住口，立刻又换成了抵死否认的口吻）啊呀，我知道这样无缘无故地胡思乱想，太蠢了。谁又不患点伤风感冒，很快也就好了。（蒂龙瞪眼看着她，绝望地叹了一口气。他转过身子朝向前客厅，正好看到埃德蒙从过道的楼梯下来。）

蒂龙 （低声地警告）埃德蒙来了。看在上帝的分上，克制自己一点儿——最少等他走了再说！为了他好，这点你总可以做到！（他一面等着，一面又装出一副父亲的慈祥的面孔。玛丽却惊慌地等待着，又是一阵不安和恐怖，两只手不停地在胸前衣服上乱动，又向上抓抓脖子，摸摸头发，一副心烦意乱、神魂无主的样子。埃德蒙走近门口的时候，她实在不能面对着他，于是迅速地走向左首的窗户前，瞪着眼往外看，把背对着前客厅。埃德蒙走进来。他换上了一套斜纹哔叽成衣，上有硬领，打着领带，下面穿着一双黑皮鞋。）

蒂龙 （以演员纵情豪爽的声调）真漂亮！这才叫作衣冠楚楚呀！我也要上楼去换衣服。（他刚要走过他身边。）

埃德蒙 （冷淡地）等一等，爸爸。我倒不喜欢说些扫兴的话，可是我的车钱还没有着落。我口袋里已经是一文不名了。

蒂龙 （出乎自然地用习惯的口吻教训儿子）你总是把钱花个精光，到时候才知道钱的用途——（突然住口，深感内疚，望着他儿子的病容，又担心又怜悯）不过，孩子，你也已经渐渐懂事了。你在患病以前工作非常努力，做得很出色，我也为此感到骄傲。

（他从裤袋里掏出一小沓钞票来，小心翼翼地拣了一张。埃德蒙接了过去，看了一眼，脸上显示出惊奇的表情。蒂龙的表现一如既往——挖苦地）谢谢你啦！（口中念念有词）"尽管毒蛇猛兽，张牙又舞爪——"

埃德蒙 "不如子女忘恩负义。"[1]我也知道。爸爸，给我一个机会吧。我吃惊得说不出话来了。这不是一块钱，这是十元大钞。

蒂龙 （这样慷慨解囊自己也感到窘迫）放进口袋里去吧。你进城去总会碰到一些朋友，你也可以做做东道主，裤袋里没钱是应酬不了的。

埃德蒙 原来如此？啊呀，太感谢您了，爸爸。（他从心底感到高兴和感激——过了一会儿，他又望着他父亲的脸孔，不安地疑虑起来）可是，干吗如此突然——？（冷嘲热讽地）是不是哈迪医生告诉你我病得快要死了呢？（接着，他看到父亲受了委屈的痛苦表情）不是的！这个玩笑开得太下流了。爸爸，我只是说着玩的。（他身不由己地伸出一只胳膊搂着他，亲热地拥抱着他）说实在的，我真太感激了，爸爸。

蒂龙 （大为感动，也紧紧拥抱了一下埃德蒙）孩子，不用谢了。

玛丽 （突然掉转身来对着他们，呈现着一种错综复杂的苦痛，既惊慌失措又满脸怒火）不许说这种话。（跺脚）埃德蒙，听见了吗？不许说这种叫人害怕的胡言乱语！什么你快要死了！这都是从你那些书本上学来的！除了忧伤和死亡，别的什么都没有！你父亲就不该让你买这些书。你自己写的一些诗那就更

---

[1] 引自莎士比亚剧本《李尔王》第一幕第四场。

糟糕了！看上去你简直不想活下去！像你这样年纪的孩子正是前途无量！好在这不过是你读了这些书装模作样罢了！实际上你才没有病呢！

蒂龙　玛丽！住嘴！

玛丽　（立即换成一种貌似公允的声调）可是，詹姆斯呀，埃德蒙这样闷闷不乐、无事生非，真是太荒唐了。（转向埃德蒙，但避开他的视线——以逗乐来表示她的亲热）不要紧，孩子。我看透了你的心思。（走到了他面前）你就是要人家宠你，惯你，婆婆妈妈地体贴你，是不是？你还是这样的一个小宝宝啊。（她伸出她的胳膊搂住他，拥抱他。他依然还是身体挺直，毫不俯就。她的声音有点发抖了）可是，孩子，请不要太过分了。不要说那些让人害怕的话。我明明知道对待这些话过于认真实在太傻了，但我却是身不由己呀。你已经把我弄得——六神无主了。（她突然停住，把脸藏在他的肩上，哭泣。埃德蒙虽然矜持，但是也感动了。他拍拍他母亲的肩膀表示安慰，举止温柔地显得尴尬。）

埃德蒙　别这样，母亲。（他的视线和他父亲的交汇。）

蒂龙　（声音沙哑地——抓住已经无望的希望）也许你现在可以问问你母亲，你说过你打算——（他摸索着掏出表来一看）天哪，时间过得真快！我得赶快走。（他匆匆地穿过前客厅走出去。玛丽把头抬起来。她的态度又恢复了慈母的那种关怀，但却有点超然。她似乎忘却了仍然挂在她眼中的泪水。）

玛丽　孩子，你现在感觉怎样？（她摸摸他的额角）你的头有一点热，不过那是在外边太阳底下晒的。看上去你比今天早上好多了。（拉着他的手）过来坐坐，不要老是那么站着。你必须学会节省体力，保养身子。（她拖着他坐了下来，自己斜着坐在他椅子的扶手上，一只胳膊搂着他的肩膀，这样他就不能接触到她的视线。）

埃德蒙 （突然不假思索地说出恳求的话，对于这些恳求他现在已感到毫无希望了）妈妈，听我说——

玛丽 （迅速岔开）好了，好了！不要再说话了。往后靠着，歇歇吧。（劝导地）我倒认为要是你今天下午待在家里，让我照应照应你，你会好多了。这样的大热天，坐着肮脏的破旧电车，赶着进城，真要把人累坏了。你还是跟我一块儿在家里歇歇肯定会好多了。

埃德蒙 （呆板地）你忘了，我跟哈迪医生还约定了去看他。（又一次试图提出他的恳求）妈妈，听我说——

玛丽 （抢先说）你可以打电话告诉他，你不舒服不能去。（激动起来）去看他那种医生简直是白费时间和钱。他只会跟你说些谎话。他还会装作发现很严重的病，因为那是他的饭碗，他就是靠这个吃饭的。（她无情地讥笑了一声）真是个老白痴！他所知道的医术就是绷着脸教训你要意志坚强！

埃德蒙 （极力想抓住她的视线）妈妈！请听我说！我有事要问您！您——您才刚刚开始。您戒掉还来得及。您的意志真够坚强！我们都会帮助您。您要我干什么都行！好吗，妈妈？

玛丽 （结结巴巴地央告）请不要——不要谈你不懂的事情！

埃德蒙 （呆呆地）好吧，我不说了。我知道说了也没有用。

玛丽 （这时又完全否认）不管怎样说，我不知道你究竟在说些什么。可我心里实实在在明白，什么人都可以责怪我，只有你——我从疗养院一回来你就病倒了。疗养院的医生告诫过我，我在家里一定要安安静静地生活，不受任何打扰，可是

083

我回来以后一直就为你担忧。(接着,心不在焉地)可是我不会把这件事情当作借口! 我只打算解释一下。我是不会责怪别人的。(她把他抱在胸前 —— 恳求地)孩子,答应我,相信我不会把你当作借口,怪到你的头上。

埃德蒙　(怨恨地)我还有别的什么可以相信的呢?

玛丽　(慢慢地把手挪开 —— 态度又变得疏远而客观)不错,你大概不得不起疑心。

埃德蒙　(羞愧但仍然抱怨)您说又怎么办呢?

玛丽　算了吧,我并不责怪你。你怎么能够相信我 —— 连我自己也不能相信自己? 我已经撒谎成性了。从前我是一向不说半句谎话的。现在我不得不撒谎欺骗别人,尤其是还要欺骗自己。可是你又怎么能理解呢,连我自己也不能理解。我一直什么也不理解,只是在很久以前有一天我发觉我已经失去了自己的灵魂,我不再是我自己的。(她停了一停 —— 放低了声音,以一种古怪的口吻,好像向知心人偷偷地吐露自己的秘密)可是总有一天。孩子,我会把它找回来的 —— 总有一天你的病完全好了,我看到你身体健壮,生活幸福,大有成就,我也再不必感受良心的责备了 —— 总有一天,圣母玛利亚宽恕我,让我恢复我过去在修道院的日子里所具有的那种对她的信仰、爱和怜悯,我又重新能够向她祷告 —— 等到她看到世界上没有一个人能一时半刻地相信我,她就会相信我的,有了她的帮助,我会称心如意的。我会听到自己痛苦的尖叫,同时我也会哈哈大笑,因为我会有充分的自信心。(说到这里,她看到埃德蒙仍然保持绝望的沉默,又伤心地补充了一句)当然,这一套话,你也是不会相信的。(她从他的椅子的扶手上站立起来,走到右首窗前向外张望，背对着他——漫不经心地）现在我想起来了，你还是进城的好。我忘了我要坐汽车兜风，还要到药房去一趟。你不见得愿意跟我一道去。你会感到害臊见不得人的。

埃德蒙 （伤心地）妈妈！别说这种话！

玛丽 你大概会跟詹米平分你父亲给你的那十块钱吧。你们两个人总是有福同享，是吗？兄弟俩还一条心，互相帮助。我也知道他那份钱拿去做什么用。钱到手他就到跟他趣味相投的女人那里去喝得酩酊大醉，要么也是一路货色的女人。（她转身向他，惊恐地央求）埃德蒙！答应我不喝酒了！酒太危险了！哈迪医生不是告诉过你——

埃德蒙 （抱怨地）我还以为你会说他是个老白痴。

玛丽 （可怜地）埃德蒙！（前面过道传来詹米的声音："小弟，来吧，让我们走吧。"玛丽的态度立即又变成貌似公允的样子）去吧，埃德蒙。詹米在等你。（她走到前客厅门口）喏，你父亲也下楼来了。（蒂龙的声音也在呼唤，"来吧，埃德蒙。"）

玛丽 （又亲热又超然的样子亲了一亲埃德蒙）孩子，再见。要是回家来吃晚饭，不要太晚了。还要告诉你父亲一声。布里奇特的脾气你是知道的。（他转过身来，匆匆忙忙地走出去。蒂龙从过道里呼喊："玛丽，再见。"接着，詹米也喊："妈妈，再见。"她也回喊）再见。

（只听见他们三人出去后，前面纱门的关门声。她走到圆桌边，并站在那里，一只手在桌面上咚咚地敲着，一只手颤颤抖抖地举了起来拢拢头发。她以惊慌失措和被人遗弃的眼神环视了房间四周并喃喃自语）这里好寂寞啊。（接着，她的脸色沉了下来，对自己又怨恨又鄙视）你又在欺骗自己了。你巴不得摆脱他们。他们瞧不起你，讨厌你,他们陪伴你不会使你感到愉快。他们走了,你才高兴啦!(她绝望地笑了一笑)那么,我的圣母啊,我为什么感到这样地孤单?

〔幕落〕

第 三 幕

景：同前。那天傍晚六点半左右。暮色逐渐笼罩着起居室，呈现出一片早黑的景象，因为雾已经从海湾里往上弥漫，窗外就像是垂罩着一层白色的帷幔。港口外边的灯塔上每隔一定时间传来雾角声，呜呜的就像一头在分娩中的鲸鱼在痛苦地呻吟，海港上停泊的快艇断断续续地发出警钟声。

圆桌上摆着托盘，上面有一瓶威士忌，几只酒杯，一罐冰水。场景就跟上幕午饭前一样。

〔玛丽和女仆凯思琳出现在舞台上。后者站在桌子左边，手中拿着空的威士忌酒杯，但好像忘记了似的。她喝得醉醺醺的，那张笨憨而好脾气的脸上带着一种被主人夸奖了而高兴地傻笑。

〔玛丽比先前更显得苍白，两眼显得容光焕发但极不自然。她举止中那种古怪的与世隔离的表现更加明显。她已经把自己更深地埋在内心深处，而在一种梦境中求得逃避和解脱。在这种梦境中，眼前的现实只不过徒有其表，接受它和放弃它都不是出自真心的——即使给予严厉的批评——或者干脆置之不理也都是超然游离的。有的时候，她的举止行动中还有一种不可思议的兴高采烈，自由自在的青春活力，好像她在精神上已经得到了解脱，又很自然地不知不觉回到了她那天真无邪、无忧无虑、爱说爱笑、在修道院做学生的时代。她现在穿着先前换上准备坐车进城的衣服，样式简单，价格却相当昂贵，要不是她穿得随随便便、不修边幅的样子，这倒是一套非常合身美观的衣服。她的头发，已经不是那样讲究、一丝不乱，而是有点蓬松，向一边耷拉下来。她跟凯思琳说起话来又贴心又亲昵，好像这个小女仆是她知心的老朋友。启幕的时候，她正站在纱门旁边向外张望。只听见传来一声雾角的呜咽。

玛丽　　（逗乐——少女的口气）听那个雾角！真吓人哪，是吗，凯思琳？

凯思琳　　（说话比平时更加随便，但绝不是故意不分上下，因为她真心实意喜欢她的女主人）可不是吗，太太。真像妖精叫。

玛丽　　（好像没有听见她说话，自己继续说下去。在下面几乎全部的对话中，出现一种这样的气氛：她似乎把凯思琳当作一个幌子以便自己不停地说话）今天晚上我不在乎那个雾角了。昨天夜里它简直把我逼疯了，我躺在床上一夜没有睡着，直弄得我再也受不了啦。

凯思琳　　去他妈的。我刚才坐车从城里回来，一路上真把我吓昏了头脑。我真担心斯迈思那只丑猴儿会把我们开到阴沟里去，要么就撞到树上。雾那么大，真是伸手不见五指。好在你让我跟你一同坐在后面，太太。要是我同那只猴儿坐在前面——他总是毛手毛脚，才不规矩啦！一有半点儿机会就伸过手来拧我的腿，要么就摸那个地方，请原谅我说丑话，太太，可那是真的啊！

玛丽　（如在梦境中）凯思琳，我倒不在乎雾，其实我却很爱雾。

凯思琳　人们都说雾对皮肤有好处。

玛丽　雾可以使你与世界隔绝，也可以使世界与你隔绝。你会感到在雾里一切都变样了，一切都面目全非。没有人再能找到你了，碰到你了。

凯思琳　要是斯迈思跟我见到过的一些司机那样漂亮，逗人喜欢。我倒不会这样在乎——我的意思是说，要是只开开玩笑，因为我是个规规矩矩的姑娘。可是像斯迈思这样的瘦皮猴——！我告诉了他，我说你不要以为我急着要找丈夫，我就会客客气气地对待像你这样的猴儿。我叫他小心一点。总有那么一天我会给他狠狠的一拳，把他打得抱头鼠窜。我说得到就做得到的。

玛丽　我讨厌的倒是那个雾角。它老是纠缠着你，老是提醒你，警告你，呼唤你回头。（古怪地笑了一笑）可是今天晚上雾角对我不会有什么，就是它那个声音怪难听的，不会激起我什么心思。（少女般地发出了一声逗人的笑声）也许最多会使我想起蒂龙先生的鼾声。我总是喜欢拿这个跟他开玩笑。他总是这样，一睡觉就打鼾，尤其是他喝多了酒的时候，可是他就像个孩子，总不愿承认。（她一面哈哈大笑，一面走到圆桌前）其实，我有时大概也打鼾，我也不喜欢承认。所以我没有权利拿他开玩笑，是不是？（她在桌子右首的摇椅上坐了下来。）

凯思琳 哦，可不是，身体健壮的人个个都打鼾。人家都说，打鼾表示一个人的脑子不糊涂。（接着，担心起来）太太，几点钟了？我该回到厨房里去了。这个年头的湿气更加重了布里奇特的风湿痛，她一天到晚就像只满腔怒火的魔鬼。我若再不去，她会把我的头一口咬下来。（她把酒杯放在桌子上，移动身子向后客厅走了一步。）

玛丽 （突然感到恐惧）不，凯思琳，不要走。我还是不愿意一个人待在这里。

凯思琳 你一个人不会待得很久的。老爷和两位少爷就要回家了。

玛丽 我看他们未必回来吃晚饭。他们大可借此机会留在酒吧间里，在那里自在多了。（凯思琳瞪着眼看她，一脸蠢相，迷惑不解。玛丽含笑地接着说）不要担心布里奇特。我会告诉她是我让你陪着我的，你去的时候，可以带一大杯威士忌给她。她有了酒，别的也就不会计较了。

凯思琳 （咧开嘴笑，又自在了）不错，太太。她只要有酒喝就高兴了。她很喜欢喝酒。

玛丽 凯思琳，你要喝酒就再来一杯吧。

凯思琳 我想我最好还是不再喝的好，太太。我感到我已经喝得差不多了。（伸手拿出酒瓶）好吧，也许再来一杯也无妨。（倒了一杯酒）太太，祝您健康。（她一饮而尽，饮后也不再喝缓冲的清水。）

玛丽 （如在梦境中）凯思琳，我从前有一段时间身体确实很好，但那是很久以前的事了。

凯思琳　　（又担心起来）老爷肯定会看出来瓶子里的酒少了。他看起酒瓶来眼睛尖锐得就像一只老鹰。

玛丽　　（逗乐地）那不要紧，我们用詹米的办法来捉弄他好了。只要量一些水，倒进瓶子里就行了。

凯思琳　　（按照这个办法做了——咯咯地傻笑了一声）上帝保佑，一半是水了。他一定喝得出来。

玛丽　　（不在乎地）喝不出来的。等到他回来的时候他已喝得酩酊大醉，已经辨别不出青红皂白了。他自以为今天有多么充分的理由在外面借酒浇愁。

凯思琳　　（达观地）得啦，这只不过是男子汉一点小小的缺点罢了。我才看不上一个连一滴酒都不喝的男人。这些人没有一点大丈夫的气概。（接着，又一脸蠢相，迷惑不解）您说什么，充分的理由？您说的是埃德蒙少爷吗，太太？我看得出来，老爷在为他担心。

玛丽　　（抵赖似的硬了起来——可是很古怪，这种反应显得呆板，好像不是出自内心的真实感）凯思琳，不要瞎说。老爷有什么事要为埃德蒙担心呢？一点点小感冒不值得大惊小怪。而且蒂龙先生从来也不为什么事情担心，只是害怕没有钱，没有财产，害怕自己到了老年受穷。我的意思是说，他非常担心的是这些东西。因为，老实告诉你，别的事情他根本就不懂。（她扑哧一笑，貌似公允又充满情趣）凯思琳，你要知道我的丈夫是一个很乖僻的人。

凯思琳　　（显然有点不满）得啦，太太，他可是个美男子，一表人才，人又厚道。不管他有什么短处。

玛丽　　哦，我倒不在乎他有什么短处。我真心真意地爱他已经整整三十六个年头。这总证明我知道他心地可爱,而且他究竟干什么,他自己也没有办法是不是?

凯思琳 (消除了疑虑,但仍有点迷惑不解)太太,你这些话说得对。真心真意地爱他,因为连傻瓜也看得出来,他那么爱你,真是五体投地。(极力抵制刚才那杯酒的酒力,勉强清醒地说话)说起演戏来,太太,你怎么从来就没有登上过舞台?

玛丽 (显然不高兴地)我? 你那个脑子里怎么会出来这个怪念头? 我是在很体面的家庭里长大成人的,而且在中西部最好的修道院接受过教育。我在认识蒂龙先生以前,几乎不知道有剧院这么一回事。我曾经是一个对上帝非常虔诚的姑娘,我甚至还想过长大成人后当修女呢。我从来也没有过一点想法要去当演员。

凯思琳 (单刀直入地)得啦! 太太,您才不会像是一个修女呢! 一点也不错,你从来就没有上过教堂。愿上帝宽恕您吧!

玛丽 (不予理会)我一辈子也过不惯剧院的生活。尽管蒂龙先生总是要我跟着他东奔西跑到处演出,我跟他剧团里的人却一向没有过来往,也没有跟任何演戏的人有过来往。倒不是我感到他们有什么不好,他们总是待我很好,我对他们也是以礼相待。可是我跟他们总是谈不拢合不来,弄不习惯。他们过的生活总是和我的生活不同。这种生活习惯的不同总是出现在我跟——(她站了起来——出人意料地)我们不要再谈那些过去的事了,谈也没有用处。(她走到通向阳台的门前,向外张望)雾多么浓啊,我连路也看不清了。全世界的人都从我们的门前走过,我也不会知道的。但愿世界上的事情永远像这样才好啊! 天又黑下来了,谢天谢地,一会儿就是晚上了。(转过身来——迷糊地)凯思琳,谢谢你一直陪了我一下午。不然的话,我一个人坐车进城会多孤单。

凯思琳　一点不错,难道我就不愿意坐着小汽车进城兜风,省得待在家里听布里奇特胡说八道,老是吹她的亲戚如何如何!就像给我放了一次假,太太。(停了一停——接着,愚蠢地)可是有一件事情我不喜欢。

玛丽　(迷迷糊糊地)什么事情,凯思琳?

凯思琳　就是我把您的药方子拿进去配的时候,药房那个伙计的那副叫人难堪的嘴脸。(生气地)真是粗暴无礼!

玛丽　(坚持装不知道)你在说些什么呀?什么药房?什么药方子?(后来看到凯思琳又傻又惊地瞪着眼,又赶快说了一句)哦,想起来了,我几乎忘记了,就是医治我手上风湿病的药。那个伙计说了些什么?(接着又显出一副满不在乎的样子)只要他配了药方子就成,他说些什么没关系。

凯思琳　对我来说,就有很大的关系。别人把我当贼那样看待,我就不干。他看了我很久,上上下下打量了我一番,然后就蛮不讲礼地说:"你从哪里弄来的这个方子?"我说:"这事压根儿跟你妈的不相干,可是如果你一定要知道,这是为我的东家蒂龙太太配的,她现在就坐在外面的汽车里。"我这句话很快就使他住了嘴。他往外边看了您一眼,"哦"了一声,就去配药了。

玛丽　(迷糊地)是的,他认识我。(在圆桌后面右首的那把扶手椅上坐了下来,冷静而又貌似公允地补充了一句)我得吃那种药,因为没有别的药方子可以止痛——所有的苦痛——我说的是,我手上的疼痛。(她把双手举了起来,又伤心又哀怜地端详着。手现在不颤抖)可怜的手啊！你决想象不到,我的手曾经一度是我身上一个非常出色的地方,跟我的头发、眼睛一样美,而且我的身材也很苗条。(语气已变得越来越迷离恍惚)我这双手天生是音乐家的手。我过去还喜欢弹钢琴,在修道院里花了很多工夫努力学钢琴——当你做你所喜欢的事情的时候,你才真的可以说是下了功夫哩！伊丽莎白院长和我的音乐老师都说我是他们前前后后所有的学生中最有天才的一个。我父亲还付了特殊的学习费用,让我多学些功课。他把我惯坏了,我要什么就给什么。他本来还打算在我修道院毕业以后送我去欧洲学习。我原是可以去的——要不是我爱上了蒂龙先生。要么我就做了修女。那时候,我有两种梦想。去当修女,那是最美的一个梦想,还有一个梦想,就是成为一个钢琴家,在音乐会上大显身手。(她停了一停,目不转睛地端详着她的那双手。凯思琳眨了一眨眼睛,抵制瞌睡和酒后的醉意)这许多年来,我连钢琴都没有碰过。我的手指头弯曲变形到了这样的地步,要弹也弹不成了。结婚以后的一段时间,我还打算继续坚持练习我的音乐,可就是办不到。每到一个地方,只有一个晚上的演出,住的是下等旅馆,坐的肮脏的火车,把孩子丢下,从来也就没有一个家——(还是凝视着她那双手,既放不下,又深为厌恶)凯思琳,你看看,这双手多么丑陋！弯扭变形了,完全残废了！你还会以为经受过什么可怕的事故呢！(古怪地笑了一声)想起来了,真是经受过可怕的事故。(突然把双手藏到背后)我不看这双手了。这双手比雾角还坏,我看了就想起——(然后又变得非常自信)可是现在连这双手也不会使我烦恼了。(把手从后面伸了出来,故意端详着——冷静地)这双手离得我远远的，我虽然看得见，可是已不觉得疼痛了。

凯思琳 （一副蠢相，迷惑不解）您吃过药了吗？这种药使得您的举动很古怪，太太。如果不是我知道得更清楚，我会当您喝醉了呢。

玛丽 （如在梦境中）药可以止痛，可以带你往回走，直到你不再疼痛为止，直到你回到虚幻的过去中。只有幸福的过去才是真的，别的都是假的。（她停了一停——接着，好像她的言语是一种召唤，召回了失去的幸福，她的举止行动和面部表情都变样了，看上去她年轻多了，显示出一种修道院女学生的天真无邪的气质，含羞脉脉地微笑着）凯思琳，要是你认为蒂龙先生现在是一表人才的话，你还没见到我刚刚认识他的时候他那副漂亮的仪容呢。他当时是以全美国的美男子之一而闻名的。修道院的女同学凡是看过他演出的，或者是见过他的照片的，都经常痴心妄想地谈论着他。你知道，他是大受女性观众崇拜的舞台偶像。女人们总是眼巴巴地等在戏台门口，就是要看他出来。当我父亲写信告诉我，他与詹姆斯·蒂龙已经成为朋友，在我复活节假期回家就可会见这位舞台明星，你可以想象我是多么兴奋。我把这封信给我所有的同学看，她们是多么眼红啊！我父亲首先领我去看他演出。那是一出关于法国大革命的戏，里面的主角是一个贵族。我简直神魂颠倒，目不转睛地注视着他。当他在戏里被关进了监狱的时候，我禁不住一直流眼泪——当时我对自己很恼火，因为我唯恐把眼睛和鼻子哭红了。我父亲说过，戏一演完我们就到后台化妆室去找他，我们果真去了。（她有点兴奋，羞答答地笑了一笑）我当时多么腼腆，费尽九牛二虎之力只能结结巴巴说两句话，满脸通红得就像个傻瓜。可是他好像并不把我看成是傻瓜。我看得出来,在我们彼此被介绍了之后,他就喜欢上了我。(卖俏地)也许我的眼睛和鼻子毕竟没有红。凯思琳,我当时确实非常漂亮啊! 而他呢,化着妆,穿着非常合身的贵族服装,比我狂想中的英雄还英俊得多。他的模样和平常的人完全不一样,真像是从另一个世界来的哩! 同时,他又是那么朴实、宽厚、平易近人,一点也不自以为了不起。我那时对他确实一见钟情。后来,他对我说,他当时对我也是这样。我把所有要去当修女、成为钢琴家的想法都忘到了九霄云外,一心只想做他的妻子。(她停了一停,凝视着前方,眼神异常明亮,梦般的迷离,脸上流露出一种痴情、温柔、少女的微笑)三十六年以前的事,今晚就好像发生在眼前,清清楚楚! 从那个时候以来,我们彼此相亲相爱。在这三十六年之中,他就从来没有发生过丢人的事。我是说,跟任何其他的女人。自从见了我以后,从来就没有发生过。凯思琳,这件事一直使我感到很幸福。这件事也使我忘掉了许许多多其他的事情。

凯思琳 (极力抵制酒醉后的瞌睡——感情用事地)他真是个正人君子,您也是个走运的女人。(接着,不安地)太太,让我拿杯酒去给布里奇特吧? 快到开晚饭的时候了,我该去厨房帮帮她的忙。要不送点东西去压压她的火气,她准会把我宰了。

玛丽 (从梦境中被唤回来,有点生气)好吧,好吧,你去就是了。我现在不需要陪了。

凯思琳 (松了一口气)太太,谢谢您了。(她倒了一大杯酒,端着向后客厅走去)您一个人不会待得太久的。老爷和两位少爷就要——

玛丽　（不耐烦地）不会的，不会的。他们不会回来的。告诉布里奇特，我不等他们了。六点半准时开饭。我也不饿，不过在饭桌旁边坐一坐，我们也算了结了这件事。

凯思琳　太太，您该吃点东西啊。真是怪药，吃了连胃口也没有了。

玛丽　（又不知不觉陷入了梦境——呆板地反应）什么药？我不知道你说的是什么。（打发人走开的语气）你还是把酒拿给布里奇特去吧。

凯思琳　是，太太。

（她穿过后客厅下。玛丽直等到听见她走过后厨房的关门声。接着，懒洋洋地望后一靠，又陷入梦境中，无目的地凝视着，却视而不见。两只胳膊软绵绵地耷拉在椅子的扶手上，双手非常宁静地向下垂着，手指修长，翘曲，指节臃肿，而且敏感。房间里逐渐阴暗下来。有一阵子像死一般的沉静，接着，传来了外面雾角呜咽的悲鸣，随后是港口停泊的船上一阵钟声，透过雾气声音低沉。玛丽听见后，脸部毫无表情，可是她的双手猛地抽动了一下，手指不由自主地在空中闪动了一阵。她皱着眉头，呆板地摇着脑袋，像是一只苍蝇穿过她的心房。突然她失去了所有少女的气质，变成一个老态龙钟、愤世嫉俗、满腔怨恨的妇女。）

玛丽　（抱怨地）你是一个多情的傻瓜。一个痴心妄想的女学生跟一个舞台受人崇拜的明星第一次见面有什么了不起呢？你在没有认识他以前幸福多了，一个人在修道院里经常向圣母祷告。（显示渴望地）要是我能追回我那失去了的信念该多好，我也再能向圣母祷告！（她停了一停，然后开始用平淡乏味的声调背诵《圣母玛利亚颂词》）"万福，玛利亚，满被圣宠者！主与尔偕焉。女中尔为赞美。"①（轻蔑地）你想圣母听了一个撒谎的吸毒鬼背了几句祷告文就会受骗哩！你是瞒不过她的！（她一跃而起。两手飞快地举了起来轻轻地拍拍自己的头发，心乱如麻）我得上楼去，药还没有吃够。好久没有服，又用起来，总是拿不准需要吃多少。（她向前客厅走去——走到门口就停了下来，她听到前面的路上传来了说话的声音。她吃了一惊，心怀内疚）一定是他们回来了——（她匆匆地回到房里坐下。脸上摆出一副倔强地为自己辩护的神气——不满地）他们为什么又回来呢？他们并不想回来。他们回来我更感到孤单。（突然她的整个态度又变了样，惹人怜悯地安心了一些，急不可待地）哦，他们回来了，我太高兴了。我一直寂寞得要命！（只听见关前门的声音。蒂龙心神不安地从过道喊了过来。）

蒂龙　玛丽，在家吗？

（过道的灯开了，灯光透过前客厅照射在玛丽身上。）

玛丽　（从椅子上站了起来，容光焕发，非常亲切——兴奋得急不可待）我在这里，在起居室里，我一直都在等待着你。

（蒂龙穿过前客厅走了进来，埃德蒙跟在后面。蒂龙喝了大量的酒，但是除了眼睛有点呆滞、口齿有点不清外，并不像喝醉了的样子。埃德蒙也喝了好几杯，但也没有明显的醉意，只是下陷的面颊发红，眼睛亮晶晶的，像是发烧一样。他们停了脚步站在门口，用眼睛打量了玛丽一番。他们所见到的完全证实了他们最坏的想法。可是这个时候玛丽并未意识到他们责备的眼光。她先亲了一亲她的丈夫，然后又亲了一亲埃德蒙，举止过分热情。他们两人想接受又想退避。她兴奋地

---

① 这是天主教通用的《圣母经》。

说起话来了。)

你回来了,我太高兴了。我还以为你一定不会回来了。我真担心你不回家。今天夜里闷得很,雾也很大。在城里的酒吧间里你一定会愉快得多,有人陪你说说笑笑。算了吧,不要否认了。我了解你的感受,一点也不责怪你了。你回家来了,我更加感激。我一直坐在这里,多么孤单,心情多么不好。过来,坐下。(她坐在圆桌后面的左边,埃德蒙坐在桌子的左边,蒂龙坐在桌子右边的摇椅上)晚饭没准备好,还要等一会儿。其实,你回来得稍微早一点儿。真是太阳从西边出来了。来,亲爱的,威士忌在这儿。我倒一杯给你喝好吗?(没有等到回答就倒了一杯酒)你呢,埃德蒙? 我倒不想怂恿你喝酒,不过晚饭前喝一杯,开开胃,不可能有什么害处。(她给埃德蒙也倒了一杯酒。他们都没有伸过手来拿。她还是继续说话,好像没有察觉到他们的沉默)詹米呢? 不错,那是理所当然的,只要他口袋里剩下的钱还够买一杯酒,他是不会回家的。(她伸出手来,紧紧抓住她丈夫的手 —— 忧伤地)我担心,我们早已管教不了詹米了。(她板起了面孔)可是我们决不能允许他把埃德蒙也拖下水,因为他是想把他拖下水去的。因为埃德蒙一直是我们家的宝贝,他很嫉妒他 —— 就像他从前嫉妒尤金一样。要是他不弄得埃德蒙跟他一样没有出息的话,他是不会罢休的。

埃德蒙　(痛苦地)不要说了,妈妈。

蒂龙　(呆呆地)是的,玛丽,现在还是少说为妙。(转过身来对着埃德蒙,有点醉意)不管怎样,你母亲告诫你的话是对的。要当心你那个哥哥,不然的话他那张冷嘲热讽的毒蛇一般的嘴

101

会害你一辈子的。

埃德蒙 （跟刚才一样）哦，爸爸，别说这样的话。

玛丽 （继续说下去，好像什么话也没有说过似的）现在看看詹米这个人，真是叫人难以相信他是我生的孩子。詹姆斯，你还记得他小的时候，多么强健，多么快乐吗？虽然每天晚上到一个地方演一场戏，坐的是肮脏的火车，住的是下等旅馆，吃的是很坏的食物，小詹米从来就没有生过气，患过病。他总是一天到晚笑眯眯，欢天喜地，从来没有哭过。尤金也是这样，在世的两年又快乐又强健，只是由于我的疏忽，才送了他的小命。

蒂龙 啊呀，看在上帝的分上！我真傻，回家来干什么！

埃德蒙 爸爸！别说了！

玛丽 （朝着埃德蒙笑了一笑，既显得温柔，又装出一副貌似公允的样子）倒还是埃德蒙小的时候脾气坏，总是动不动就吵吵闹闹，受惊害怕。（她拍拍他的手——逗笑地）别人常常说，孩子，你连帽子掉了都要大哭一场。

埃德蒙 （忍不住一肚子委屈）也许是我那个时候心里已经有数了，活在这个世界上没有什么好笑的。

蒂龙 （又责备，又怜悯）好了，好了，孩子。你明明知道不该放在心上——

玛丽 （好像没有听见他们的话——又伤心起来）谁又会想到詹米长成大人了竟会丢我们的脸。詹姆斯，你还记得吗？他上寄宿学校以后，多年以来，我们都收到使我们感到光彩的成绩报告，学校里的人都喜欢他。他所有的老师都告诉我们，这孩子的脑袋瓜多聪明，功课一学就会。甚至在他学会了喝酒，学校把他开除以后，老师们还是来信告诉我们，他们感到多么遗憾，因为他是这样一个讨人喜欢又有才华的学生。他们还说只要他学好，严肃地对待生活，他的前途一定还是非常光明。(她停了一停——接着，表现出一种既古怪又伤心的貌似公允的样子补充了一句)真可惜，可怜的詹米！我真难以理解——(突然她的神色变了样。她板起了脸孔，怀着敌视谴责的态度瞪着眼望着她的丈夫)其实我很清楚，这一点也不奇怪。是你把他培养成了一个酒鬼。他从小一睁眼就看见你在喝酒。在那些下等旅馆房间里的橱柜上总是放着一瓶酒！他小的时候，每逢夜里做噩梦，或者是肚子痛，你的办法就是喂他一茶匙威士忌，使他安静下来。

蒂龙　(被刺痛了)你那个又懒又笨的大个子儿子自己不务正业，成了酒鬼，原来还是怪我不好吗？我回到家里来难道为的就是听这种话吗？我早就该知道了！当你染上了那种毒品，你就要责怪所有的人，只是不责怪自己。

埃德蒙　爸爸！您不是告诉过我不要放在心上。(接着，显然不满地)不管怎么说，妈妈的话是千真万确的。您也是用同样的办法对待我的。我还记得每次我做噩梦醒来，您也总是喂我一茶匙酒。

玛丽　(貌似公允的追忆口吻)不错，你小的时候晚上总是连续不断地做噩梦。你一生下来就害怕。那是因为我非常害怕，不敢让你出世。(她停了一停——接着，又以同样貌似公允的态度说下去)埃德蒙，请不要以为我责怪你父亲。他不知道怎样做才会更好。他十岁以后就没上过学。他家里的人都是最愚蠢、最穷困的爱尔兰乡下人。我敢肯定他们真的以为威士忌是治小儿疾病和受惊的上等良药。(蒂龙刚要发作,愤怒地替他家人辩护,可是埃德蒙插上了嘴。)

埃德蒙 (厉声)爸爸!(改换话题)我们是喝这杯酒,还是不喝?

蒂龙 (极力抑制自己——迟钝地)你的话不错。我何必像傻子一样去理会她呢?(没精打采地把酒杯拿起来)好,孩子,尽情地喝吧。(埃德蒙喝酒,但是蒂龙仍旧看手中的酒杯。埃德蒙立即察觉了威士忌中掺进了多少水。他眉头一皱,看了看酒瓶,又看了看母亲——想开口说话,又停住了。)

玛丽 (改换了口气——后悔地)詹姆斯,如果你觉得我满腹牢骚,那就请你原谅我好了。其实我并不是满腹牢骚。事情都过去那么久了。不过你刚才说倒不如不回家反而好,我确实感到自尊心受了点伤害。你回来了,我是多么宽慰,多么高兴,而且多么感激你。雾这么大,天又黑下来了,一个人待在家里真是又苦闷又忧伤。

蒂龙 (很受感动)玛丽,我回来了,我也高兴。只要你的举止和行动像你本来一样就好。

玛丽 我非常寂寞,只好让凯思琳留在这儿陪我,以便有人聊聊天。(她的举止和性格不知不觉返回到修道院羞答答的女学生时代)亲爱的,你知道我刚才告诉了她什么?我告诉她那天晚上我父亲领我到化妆室找你,我一见面就爱上了你的事,你还记得吗?

蒂龙 (深受感动,声音嘶哑)难道你以为我会忘记吗,玛丽?(埃德蒙掉过头去,不看他们,内心很难过又不好意思。)

玛丽 (温柔地)不会忘记的。詹姆斯,我知道你依旧爱我,不管发生了什么事情。

蒂龙 （脸上的肌肉抽搐着，眨眨眼睛不让眼泪掉下来——轻声却是充满感情地）是的！上帝做证！我永远地，永远地爱你，玛丽！

玛丽 我也永远地爱你，亲爱的，不管发生了什么事情。（停了一停，只有埃德蒙不好意思地挪动了一下身子。玛丽的态度又显示出古怪而又貌似公允的样子，好像她所谈论的是遥远的局外人）可是，詹姆斯，我得说句良心话。尽管我身不由己地爱上了你，可是当初我要是知道你喝酒喝得那么凶，我是绝对不会嫁给你的。我还记得你第一次喝醉酒的那个晚上，你那帮酒吧间的朋友不得不把你扶着送到我们旅馆的房门口，敲敲门，在我来到之前就溜掉了。我们当时还在度蜜月呢，记得吗？

蒂龙 （老羞成怒）我不记得了！不是我们度蜜月的时候！而且我有生以来就从没有要别人扶我上床过，也没有耽误过一次演出！

玛丽 （好像他没有开口说话似的）那天夜里我一直在那间讨厌的旅馆房间里等着你，一个小时又一个小时地等着，你就是不回来。我总是在替你找原因，我还安慰我自己说，一定是剧院里的事缠住了。剧院里的事情我又一点也不懂。接着，我就害怕起来了。我胡思乱想，想到了各种各样可怕的事件。我急得跪下来求上帝，不要有什么大祸降到你身上——随后就是他们把你送回来，丢在房门口。（她伤心地叹了一口气）我那时候不知道，在今后许许多多的年头里，这样的事情究竟要发生多少次，究竟有多少次，我要在讨厌的旅馆房间里等着你。后来我也就习惯了。

埃德蒙 （怨恨责备地望着他父亲，发作起来）天哪！难怪——！

(极力克制自己——粗声粗气地)妈妈,什么时候开晚饭? 时候差不多了。

蒂龙 (羞愧万分,想极力掩盖,他抚摸着自己的表)是的,时候差不多了。让我来看看。(盯着他那只表,却视而不见。恳求地)玛丽!过去的事难道就不能忘记——?

玛丽 (貌似公允的怜悯)亲爱的,我不能忘记。可是我能原谅你。我永远能原谅你。所以你不用做出那副受良心责备的样子。我不该回忆过去的事,又一五一十地摆了出来。我不想自己伤心,也不想使你伤心。我想回忆的只是过去事情中的那个使我们感到幸福的部分。(她的举止又不知不觉返回到修道院兴高采烈而又羞答答的女学生时代)亲爱的,你还记得我们的婚礼吗? 我敢说你一定完全忘记了我穿的结婚礼服是什么样子了。男人们是不注意这类事情的。他们认为这类事情并不重要。可是我可以告诉你,这对我是很重要的。我又烦又急,挑这件选那件,不知费了多少心思! 那个时候我是多么兴奋,多么高兴啊! 我父亲告诉我,要什么就买什么,不管价钱多贵。他说,最好的东西也不会太好。我担心,他真的把我惯坏了。我母亲倒不惯我。她虔诚笃信宗教,对孩子管教严格。我猜想她有点嫉妒我。她不赞成我的婚事,尤其是下嫁给一个演员。我认为她希望我当修女。她经常责骂我的父亲,埋怨说:"我去买东西的时候,你从来也没有跟我说过,不管价钱多贵! 你真的把这个姑娘惯坏了。她要是结婚了,她的丈夫才倒霉呢。她会要他连月亮也买下来。她绝不会是个贤妻良母。"(她亲切地哈哈大笑)可怜的妈妈! (笑着转向蒂龙,脸上显示出一种异乎寻常的不协调的媚态)可是,詹姆斯,她的想法错了，是不是？我不是那么坏的妻子吧，对吗？

蒂龙 （嗓音沙哑地，极力装出一副笑容）玛丽，我没有说过你不好。

玛丽 （一阵内疚的阴影隐隐约约地在脸上掠过）至少我一直是真心实意地爱你的，而且在家里我也尽了最大的努力——即使在这样的环境之下。（阴影消失，少女的羞答答的表情又重现）为了那套结婚礼服，简直要了我和那个裁缝的命！（哈哈大笑）我十分挑剔，左也不是，右也不是，总是不能称心如意。到了最后那个裁缝说，她再也不敢碰一碰这套礼服了，不然的话她就会弄坏了。我就让她走，这样，我一个人就可以自己对着镜子仔细照照。我看过之后是多么高兴，多么自负。我暗自寻思："即使你的鼻子、嘴巴和耳朵长得稍稍大了一些，你的眼睛、头发、身材，还有你那双手都挺美，也足以取长补短啊！你跟他见到过的任何女演员一样地漂亮，而且你还用不着涂脂抹粉。"（她停了一停，皱起了眉头，极力回忆）说起来，我那套结婚礼服现在不知道在哪里。从前我是用薄纸把它包好放在箱子里的。我过去还希望过我会有个女儿，等她长大成人结婚的时候——她不可能买到比我那套更好看的结婚礼服，而且我也知道，詹姆斯，你绝不会跟她说，不管价钱多贵，尽管去买。你会要她去挑便宜货。我那套礼服是用软滑闪亮的缎子做的。领子和袖口上都镶着条纹精致、叫人眼花缭乱的古老花边，长裙子后边鼓起的褶层上面也装饰了花边。上身实在紧得很，我还记得在试衣服的时候，我屏住气，好把腰身缩得越小越好。我父亲甚至让我在白缎子鞋上也镶上这种名贵的花边；还有我的头纱上面也装饰了花边，衬托着一朵朵橘色的花。我是多么喜欢这套礼服啊！真是太美丽了！可是不知道现在放在哪里。过去在我感到寂寞的时候，我往往拿出来看看，可是总是使得我流泪，所以终于在很久以前——（她又皱起眉头）我不知道把这套礼服藏到哪里去了。大概放在阁楼上的一只旧箱子里。总有一天我要去找找。（她没有说下去，瞪眼向前望着。蒂龙叹了一口气，绝望地摇摇头，极力想与儿子的视线接触，求得同情，可是埃德蒙却把眼睛盯着地板。）

蒂龙 （勉强装出漫不经心的口气）亲爱的，不是开饭的时候到了吗？（有点想要取笑）你总是责骂我吃饭晚到，可是这次我准时了，饭倒晚了。（玛丽似乎没有听到他说话。他仍然和颜悦色地加了一句）好吧，饭还不能吃，酒总可喝吧。我忘了我的手头还有一杯酒呢。（他举杯喝酒，埃德蒙注视着他。蒂龙把眉头一皱，满腹狐疑地看了他的妻子一眼——粗声粗气地）谁乱动过我瓶子里的威士忌？这杯酒真见鬼，有一半是水。詹米不在家，他虽然会捣鬼，也有个分寸。这样做，什么样的傻瓜也骗不了——玛丽，到底是谁搞的？（又气愤又厌恶）我的天哪，你最好还是不要喝酒吧，再加上——

埃德蒙 别说了，爸爸！（对他母亲说话，但并不看着她）妈妈，是您请凯思琳和布里奇特喝酒了，是不是？

玛丽 （漫不经心，不介意地）当然是的。她们工作很忙，工钱又少。我是管家的，我得想办法不让她们走。而且我请凯思琳喝酒，还因为我要她陪我坐车进城，让她去药房替我配药。

埃德蒙 妈妈，看在上帝的分上，您万万不可相信她！难道说您想传出去家喻户晓吗？

玛丽 （板起脸来，执拗地）传出去什么？传出去我手上患了风湿病，非要吃药才能止痛吗？这有什么丢脸？（对埃德蒙翻脸，狠狠地骂了一顿——好像有冤仇似的）我在没有生你以前连什么叫风湿病都不知道！问问你父亲吧！（埃德蒙把视线避开，缩成一团。）

蒂龙 孩子，不要理会她。她说的话没有半点意义。等她弄到这样的地步，不得不搬出她手上的风湿病来作为无聊的借口的时候，她的神魂早就远远地离开我们了。

玛丽 （跟蒂龙翻脸——异乎寻常地得意扬扬，嘲弄地笑了一笑）你明白了这一点，我真高兴，詹姆斯！也许你就再也没有必要想办法来提醒我了，你跟埃德蒙两个人！（突然又转成貌似公允煞有介事的口气）詹姆斯，为什么不把灯点起来？天黑了。我知道你不喜欢，可是埃德蒙已经证明，点上一盏灯也花费不了多少钱。不要老是担心上贫民院就使你这样小气。

蒂龙 （呆板地反应）我从来就没有说过一盏灯要费很多钱啊！问题倒是这里点一盏，那里又点一盏，却让电气公司发了财。（他站起身来，扭亮了台灯——粗声粗气地）我真是个傻瓜，还跟你说什么理由。（对埃德蒙说）孩子，我再去拿一瓶威士忌来，我们来好好地喝一杯。（他穿过后客厅走出去。）

玛丽 （貌似公允地取乐）你看他会偷偷地从外面转到酒窖里去，不让仆人们看见。他老是把威士忌锁在酒窖里，自己实在也问心有愧。埃德蒙，你父亲生性古怪。我跟他在一起过了好多年才了解他。你也得想办法了解他，原谅他，不要因为他手头紧就看不起他。他们全家迁移到美国来约莫一年左右，他父亲就抛弃了他母亲和六个孩子。他告诉他们，他心头有一种预感，他就快死了，而且他还想念爱尔兰的老家，所以他要回去好死在那里。他就这样走了，而且也确实死了。他也一定是个怪人。你父亲才十岁,就不得不去一家机器厂里干活。

埃德蒙 (呆板地抗议)算了吧,妈妈。我听爸爸讲在这家机器厂干活的事,都听过一万遍了。

玛丽 是的,孩子,你不得不听。可是我看你从来也没有想法子去理解你爸爸的话。

埃德蒙 (不予理会——痛苦地)听我说,妈妈!你还没有糊涂到这样的地步,把什么事都忘得一干二净了。您还没有问我,今天我有什么情况。难道您一点也不关心?

玛丽 (急得发抖)不要说这种话!孩子,你说得我好痛心!

埃德蒙 妈妈,我患的病很严重。哈迪医生现在确实查出来了。

玛丽 (倔强起来,竟至顽固得瞧不起人,自我辩护)那个胡说八道的老江湖医生!我告诉过你他会瞎说一通——!

埃德蒙 (痛苦地坚持己见)他请来了一位专家给我检查,因为要确诊。

玛丽 (不予理会)不要跟我再提哈迪医生了!你还没有听到过疗养院那位医生——他才是真正医道高明的医生——怎么批评哈迪替我治病的方法呢!他说他这种江湖医生应当抓起来!他还说他没有把我治疯那就算很不错了!我告诉他,我真的疯过一次,就是那次我半夜里穿着睡衣跑到码头上要跳水寻死。你总记得那次吧?而你现在还要我相信哈迪医生的话。我才不呢!

埃德蒙 (抱怨地)我确实记得。就是在那件事情发生之后,爸爸和詹米才知道他们再也瞒不住我了。詹米把实情告诉了我。我说他撒谎!我还要揍他。但是我明白他并没有撒谎。(他的声音发抖，眼泪汪汪)我的天，当时我感到生活中的一切好像都腐烂发臭了！

玛丽 （令人怜悯地）哦，我的宝贝，不要这样说！你使我多么痛心啊！

埃德蒙 （呆呆地）对不起，妈妈。事情是您自己提起来的。（然后又怨恨极了，固执地把话说出来）您听我说，妈妈。不管您想听不想听，我都要告诉您。我得去住疗养院。

玛丽 （惊呆了，好像从未想到过会发生这样的事情）离开家吗？（激烈地）不行！我不许你去！哈迪医生怎敢不跟我商量就通知你去住疗养院！你父亲怎敢就这样听他的话！他有什么权利做主？你是我的宝贝！让他去管詹米好了！（越说越激动，怨气冲天）我知道为什么你父亲要把你送去疗养院。他要你离开我！他总是千方百计这样做。我的每一个孩子他都嫉妒！他总是想办法让我把孩子丢掉不管。尤金就是这样死的。他最嫉妒的是你。他知道我最爱你，因为——

埃德蒙 （痛苦地）哦，妈妈，能不能，不要再说蠢话了！不要总是责怪爸爸。而且为什么您现在这样反对我离开家呢？我以前多次离开家，可是我从来没有看见过您为我出门伤心难过！

玛丽 （抱怨地）我担心你毕竟不是一个懂得好歹的人。（伤心地）你要是懂事，猜也应该猜得出来，我发现你知道我的事以后——我宁愿你走得远远的，一天到晚看不到我。

埃德蒙 （心碎地）妈妈！不要说了！（他盲目地伸手出去抓她的手——但是立即放了下来，又非常怨恨）您一直说怎么爱我——可是我想要跟您说我病得多厉害，您听都不愿——

玛丽 （突然又转变成为母亲的一种貌似公允、狂暴专横的口吻）够了，够了。不要再说下去了。我才听不进去呢，因为我知道这都是哈迪这个不学无术的医生胡说八道搞出来的。（他又缩了回去。她喋喋不休地说下去，勉强带着逗笑语气，但是声音中越来越显示气愤）孩子，你真像你的父亲。喜欢小题大做，无事生非。这样的话，你就可以老是像在演戏一样，总是悲天悯人。（轻视地笑了一笑）要是我再怂恿你一点的话，接着你准会告诉我你快要死了——

埃德蒙 这个病可会死人的。你自己的父亲——

玛丽 （厉声地）为什么要提起我的父亲？他跟你完全不能相比。他患的是痨病。（发怒）你一显露出那副悲观失望，只往坏处想的腔调，我就厌烦得要命。不许你再提我父亲死的事，听见了吗？

埃德蒙 （板起了脸孔——不高兴地）当然听到了，妈妈。可是我巴不得没有听见！（从椅子上立起身来，站在那儿用谴责的眼光望着他母亲——怨恨地）有一个吸毒鬼妈妈，有时候真不好受啊！（她怕痛似的畏缩——整个脸上因吃惊而失去了面色，剩下来的就像是一副石膏相。埃德蒙立即后悔，不该说那句话。他痛苦极了，结结巴巴地说）妈妈，原谅我吧。我刚才气得不知道说什么。您的话伤了我的心。（停了一停，就在这个时候传来了雾角声和船上的钟声。）

玛丽 （机器人似的缓慢地走到右边窗前——往外看，声音中有一种空虚、遥远的意味）听听那个叫人害怕的雾角声。还有钟声。为什么一有雾就使得一切东西听起来那么凄楚，叫人不知所措，我真不懂。

埃德蒙 （心碎地）我——我不能待在这儿。我不想吃晚饭了。
（他匆匆忙忙地穿过前客厅下。玛丽一直盯着窗外，直到听见他走后前门的关门声。接着，她走了回来又坐在她那张椅子上，脸上仍旧是一副空虚的样子。）

玛丽 （迷迷糊糊地）我得上楼去，药还没有吃够呢。（她停了一停——然后渴望地）我希望有一天我会一不小心把药吃多了。我绝对不能存心这样做。那样做圣母是绝对不会宽恕我的。（她听见蒂龙回来的声音，转过身来正好他穿过后客厅走了进来，手里拿着一瓶他刚刚启开的威士忌，怒气冲冲。）

蒂龙 （发怒地）那把挂锁被勾画出了一道道的裂痕。那个不务正业的酒鬼一定用铁丝想撬开这把锁，他已经干过不止一次了。（边说边得意扬扬，好像这是跟他长子连续不断的斗智，又一次占了上风）可是这一次他却上当了。这是一把特殊的挂锁，连职业小偷也撬不开的。（他把酒瓶放在托盘上，突然发觉埃德蒙不在了）埃德蒙上哪儿去了？

玛丽 （一种既显得遥远又是迷迷糊糊的神色）出去了。也许又进城去找詹米了。他口袋里还剩下一些钱。我想他是不把钱花光就不甘心的。他说他不想吃晚饭，这几天他好像没有胃口。（接着又顽固地坚持己见）不过也只是患热感冒罢了。（蒂龙瞪眼望着她，毫无办法地摇了摇头，给自己倒了一大杯酒，一饮而尽。突然玛丽简直受不了，呜咽地哭了起来）哎呀，詹姆斯，我害怕极了！
（她站了起来，一把抱住他，把脸埋在他肩上——哭泣着）我知道他就会死的！

蒂龙 不要说这种话！这不是真的！他们向我保证，六个月内他的病就会治好的。

玛丽　你才不相信哩！你在装模作样骗我的时候，我一眼就看得出来！他死了又是我的过错。我当初本来就不该生他的。为他自己着想也是不出世好。那样我就不可能使他伤心了。他也不必知道他母亲是个吸毒鬼——也不必恨她了！

蒂龙　嘘！玛丽，看在上帝的分上，嘘！他爱你。他知道这是降在你身上的灾祸，不是你自己心甘情愿的。你是他的母亲，他感到光荣。（听见厨房的门开了，突然地）嘘，好了。凯思琳来了。你总不想让她看见你哭吧。（她迅速地避开他，把脸转向右首窗户，慌忙地擦眼泪。过了一会儿，凯思琳在后客厅的门口出现。她走路时摇摇摆摆，脸上醉醺醺地露齿而笑。）

凯思琳　（见了蒂龙大吃一惊，有点内疚——一本正经地）老爷，开饭了。（不必要地提高了嗓子）太太，开饭了。（她忘了自己的身份，随随便便地跟蒂龙亲切搭讪起来）你居然回来啦？唉，唉！布里奇特要发火了！我跟她说了太太嘱咐过你不回来了。（察觉到老爷责备的眼光）你不用那样瞧着我。就算我喝了一点儿酒，可不是偷的，是太太请我喝的。（她一本正经满脸不高兴地转过身，穿过后客厅下。）

蒂龙　（叹了一口气——然后又鼓起他那股演员的豪爽气派）来吧，亲爱的。咱们去吃晚饭吧，我肚子饿极了。

玛丽　（走到他面前，脸形又像石膏做的一样，语气很冷淡）詹姆斯，我恐怕不能陪你了，真对不起。我简直什么都吃不下。我的手疼得要命。我想我最好还是去上床休息。明天见，亲爱的。（她呆板地亲了亲他，转身向前客厅走去。）

蒂龙　（刺耳地）上楼去再抽两口，过过瘾，是不是？这样一来，你不到一夜，准会像个疯鬼！

玛丽 （起身走开——茫然地）詹姆斯，我不懂你在说些什么。每次你喝多了酒，总是说这些刻薄挖苦人的话。你跟詹米、埃德蒙一样坏。（她移步穿过前客厅。他呆呆地站了一会儿好像不知所措。看上去他是一个心情忧伤，迷惑不解，情绪低落的老头子，疲惫不堪地拖着沉重的步伐穿过后客厅，向饭厅走去。）

〔幕落〕

第四幕

景: 同前。约莫午夜时分。前面过道的灯已经关掉,此刻前客厅没有灯光透射出来。起居室里只有圆桌上的台灯点着。窗外的那层雾越发浓重了。启幕时听见雾角声,接着是港口传来船上的警钟声。

〔蒂龙坐在圆桌边,戴着一副夹鼻眼镜,正在那里玩着单人纸牌游戏。他已脱去了上衣,现在穿着一件旧的棕色大外套。托盘上的威士忌已经喝掉了四分之三。圆桌上还摆着一瓶满满的新酒,是蒂龙从酒窖拿上来作为备用的。他已经喝醉了,这可以从他的举止中看出来。每一张牌他都举到眼前,猫头鹰似的故作姿态仔细看过究竟,然后又好像毫无把握似的打了出去。眼睛显得迷糊,嘴角耷拉着。尽管他喝了许多威士忌,可是依然没有摆脱烦恼。看上去他的样子跟上幕结束时一样,一个受了挫折的忧伤的老头子,无可奈何地接受失败。幕启时,他刚玩完一局牌,把

119

散落在桌子上的牌扫在一起,笨手笨脚地洗着牌,有几张掉落在地板上。他费劲地把牌收拾起来又在桌上洗牌,正在这个时候他听到有人从前门进来。他的眼睛越过夹鼻眼镜注视着前客厅的外边。

蒂龙 (声音越来越粗重)是谁呀? 是你吗,埃德蒙?
(埃德蒙的声音,简略地回答"是的"。接着,显然,他在黑暗的过道里撞到什么东西上,只听见他骂了一声。过了一会儿过道的灯点亮了。蒂龙皱着眉头喊)你进房间以前,把灯关掉了吧。(埃德蒙并没关灯。他穿过前客厅走进来。他也醉了,可是跟他父亲的酒量一样好,并不显醉,身上除了眼睛之外,没有任意迹象,而且还有一种气势汹汹、谁敢惹我我就对他不客气的神色。蒂龙跟他说话,起初带着一种热情而宽慰的欢迎口气)孩子,你回来了,我很高兴。我一个人孤单得很。(后来又显然不满)你真有意思,就那样跑掉了,丢下我一个人孤孤单单地在这儿坐了整整一个晚上,你明明知道——(十分恼火地)我不是告诉你把灯关掉吗! 我们又不是举行舞会。半夜三更家里没有必要灯火通明,简直是白白地浪费钱!

埃德蒙 (也生气了)灯火通明! 一盏灯! 他妈的哪一家在睡觉以前在前面过道中不点上一盏灯。(他擦擦自己的膝盖)真见鬼,我在衣帽架上碰了一下,膝盖险一些撞碎了。

蒂龙 这里的灯也照得到过道。要是你没有喝醉的话,你可以看得清清楚楚。

埃德蒙 要是我没有喝醉? 真是岂有此理!

蒂龙 管他妈的别人家怎么样! 要是他们为了撑门面,愿做败家子，让他们去浪费好了！

埃德蒙　　一盏灯！天哪，不要这样小气！我已算好了，证明一盏灯即使从夜里点到天亮还抵不过喝一杯酒！

蒂龙　　你算的那些数见鬼去吧！要证明的话，我付起账来才能证明！

埃德蒙　　（在他父亲对面坐下——藐视地）不错，事实算不了什么，是不是？您自己想要相信什么，那才是唯一的真理！（讽嘲地）比方说，莎士比亚是个爱尔兰的天主教徒。

蒂龙　　（执拗地）确实如此。在他的剧本里，可以找得出证据来。

埃德蒙　　我还是说他不是。他的剧本里没有这样的证明，只有您才能找出来！（嘲弄地）再举一个例子，威灵顿公爵[①]，在您看来又是另外一个忠诚的爱尔兰天主教徒！

蒂龙　　我从来没有说过他忠诚。他是一个叛逆分子，可是他究竟还是一个天主教徒。

埃德蒙　　可惜，他却不是。您所要相信的只是除了爱尔兰天主教的将军没有人能够打败拿破仑。

蒂龙　　我不跟你争论。我是要你把过道的那盏灯关掉。

埃德蒙　　我听见了您的话，可我就是不关。

蒂龙　　你少他妈的没大没小的！你到底听不听我的话？

埃德蒙　　不听，您要是要做小气鬼，您自己去关好了！

蒂龙　　（满腔怒火，威胁地）你听着！我对你是已经忍了又忍，因为从你所做的那些疯疯癫癫的事情来看，你的脑子大概有点毛病。所以我原谅你，从来没有责罚过你。可是物极必反，

[①] 威灵顿公爵是英国名将，曾大败拿破仑而闻名于欧洲大陆。

凡事都有一个忍无可忍的地步。你听我的话去把灯关掉。不然的话，别看你长得这样大，我还是要揍你一顿，好好地教训教训——（突然他记起了埃德蒙有病在身，立刻感到内疚，满面羞愧）孩子，宽恕我吧。我忘了——你不该惹我发脾气。

埃德蒙 （也感到惭愧）爸爸，别提了。我也向您道歉。我不该乱闹别扭。我大概有点醉了。我把他妈的那盏鬼灯关掉。（他动了一动要站立起来。）

蒂龙 别动了。让它点着好了。（他霍地站了起来——有点醉醺醺地——伸手把吊灯上的三只灯泡一一拧亮，流露出一股孩子气的可怜自己的样子，既是怨恨的，又显得故意做作）干脆都点起来！灯火通明！管他妈的！到头来总得到贫民院去，早一点去晚一点去反正都一样！（他把灯都点亮了。）

埃德蒙 （看着他父亲的这种做法，越看越感到幽默——此刻咧着嘴笑，亲热地逗笑）这真值得大大地喝彩。（哈哈大笑）爸爸，您真有两手！

蒂龙 （局促不安地坐下来——可怜又可悲地抱怨）好吧，嘲笑我这个老傻瓜好了！我这个倒霉的老丑角！这场戏任凭你怎样演出，到头来还是在贫民院里收场，这可不是喜剧啊！（接着，他看到埃德蒙还在咧着嘴笑，于是改变了话题）算了，算了，我们不必争论了。你是有头脑的人，可是做出来的都是糊涂事。你总有一天会懂得钱是来得不容易的。你倒不像你那个混账哥哥。我再也不指望他会回心转意了。讲到你哥哥，他上哪儿去了？

埃德蒙 我怎么知道？

蒂龙 我还以为你又进城去找他了。

埃德蒙 没有。我只走到海滩。今天下午我跟他分手以后，就没有再看到他了。

蒂龙　我希望你不是那样傻，把我给你的钱跟他分了——

埃德蒙　我当然跟他分了。他有了钱的时候总是资助我。

蒂龙　那么就不用占卜问卦，他大概又去嫖女人了。

埃德蒙　要是去了，又有什么关系？为什么去不得？

蒂龙　（轻蔑地）真是的，为什么去不得！他只配去那种地方。他从来没有表现过还有别的更高一点的志气，他只知道喝酒、嫖女人。

埃德蒙　哎呀，爸爸，看在上帝的分上，别再说了吧！要是您又来这一套，我就不奉陪了。（准备起身。）

蒂龙　（抚慰地）好了，好了，我不说了。天晓得，谁喜欢扯这一套。跟我一道再喝杯酒吧？

埃德蒙　嘿！这才像句话。

蒂龙　（把酒瓶递给他——呆呆地）我不该请你喝酒。你已经喝得差不多了。

埃德蒙　（倒了一大杯——有点醉意）要请喝酒，那就越多越好。（把酒瓶递回来。）

蒂龙　你现在的身体情况，实在不该喝得太多。

埃德蒙　别提我的身体了！（举杯）我敬您一杯。

蒂龙　干杯。（两人对饮）你一直走到海滩上，恐怕受了风湿，还着了凉吧？

埃德蒙　不要紧。我在来回的路上都在小旅馆里歇脚了。

蒂龙　这样的天气最好不要走远路。

埃德蒙　我最爱大雾。雾最合我的胃口。（他的说话声中颇有点飘飘然，举止行动也显出醉意。）

蒂龙 你该有这个头脑不去冒那个险——

埃德蒙 头脑有个屁用！我们都疯了。还要头脑干什么？（他用尖酸挖苦的口吻吟诵道森的诗句。）

"什么都不久长，眼泪，欢笑，

爱，欲，恨：

过了死亡之门，

我们与什么都不再有缘分。

什么都不久长，红酒和玫瑰的日子：

从朦胧的梦幻里

我们的生命之路一度显现，

转瞬又消逝于梦幻。"①

（凝视着前方）我就喜欢在雾里。走了一半路，这座房子就看不见了。简直看不出来这里有一座房子，也看不出来路上其他的房子。我只看得见前面几英尺远的地方，一个人影子也没遇到。看见的东西，听见的声音好像都是假的，一切都失去了本来面目。这就是我所要的——一个人孤单单地在另外一个世界，一个真假不分、逃避现实的世界。走出港口，沿着海滩走的那段路，我简直感到不在陆地上。雾和海似乎融成一体，就像在海底走路一样。好像在很久以前我已经沉沦在海中，好像我是雾的魂魄，而雾又是海的魂魄。作为魂魄中的魂魄倒是满平安的。（见到他父亲瞪眼望着他，忧心忡忡，厌恶不满。嘲弄地咧着嘴笑）不要那样望着我，就好像我发疯了一样。

---

① 引自维多利亚时代英国颓废派著名诗人欧内斯特·道森（1867—1900）的诗《人生短暂，苦日无多》(Vitae Summa Brevis Spem Nos Vetat Incohare Longam)。

我的话是有道理的。人们要是想得出办法，谁又愿意去正视生活的现实呢？生活就像是希腊神话里的三个女妖怪合为一体，看了她们的面孔，就会把你变成石头。它又像牧羊神，见到了他，你就会死——也就是内在的死——然后活着就像行尸走肉一般。

蒂龙　（深受触动，同时也反感）你倒有点诗人的气质，可就是太不健康了！（勉强笑了笑）鬼才听你那套悲观的论调。我的情绪已经够坏的了。（叹了一口气）为什么你就不可以背背莎士比亚的作品，丢掉那些三流的作家呢？你要讲的话莎士比亚都讲过了——世界上所有值得讲的话他都讲过了。（运用他那优美的声音，吟诵莎士比亚诗句）"做人就如同做一场梦，而我们渺小的一生就是结束在睡眠之中。"①

埃德蒙　（讥讽地）好极了！美得很。不过这不是我要讲的话。做人就如同一堆粪，所以我们还是喝喝酒把它忘掉吧。这样就更像我的看法。

蒂龙　（厌恶地）啊！这种情绪还是留在你自己的心里吧，我本来就不该请你再喝这杯酒。

埃德蒙　这杯酒的确有点分量。你也感觉到了吧。（咧着嘴，亲热地逗笑）就算你从来没有因酒醉误过一场戏！（放肆地）再说，喝醉了酒又有什么过错呢？我们就是要喝醉，是不是？爸爸，我们不要再相互欺骗了。今天晚上也大可不必。我们心里都明白，我们借酒是消的什么愁。（急忙补充了一句）可是我们别再谈那件事了。现在谈也没有用处。

---

① 引自莎士比亚的剧本《暴风雨》第四幕第一场。

蒂龙 （呆呆地）不错。我们只能尽量不谈那件事——跟过去一样。

埃德蒙 要么大醉一场，就能忘掉。（他背诵西蒙斯①翻译的波德莱尔②的散文诗，而且背诵得很动人，声音中洋溢着怨恨、讽刺的激情。）

"永远醉倒吧。别的一切都无关紧要：这才是唯一的问题。如果你不顾时间可怕的重担压在你的双肩，把你压倒在地上，那么你还是频频地醉倒吧。

用什么来醉倒？用酒，用诗句，用善行美德，随心所欲，只要醉倒。

也许有的时候，在宫殿的阶梯上，在井渠那边的绿草地上，要么在你自己那间寂寞沉闷的斗室里，你醒来会发觉醉意已悄悄地从你身上半消或者是全退。你去问风，问浪，问天上的星星和飞鸟，问时钟，问一切能飞的，能叹气的，能摇摆的和歌唱的，能说会道的，问现在什么时候了，那么风，浪，星星，飞鸟，时钟会回答你：'是醉倒的时候了！醉倒吧，如果你不愿做受时间折磨的奴隶，频频地醉倒吧！用酒，用诗句，用善行美德，随心所欲。'"（他挑衅似的向他父亲咧着嘴笑。）

蒂龙 （不太幽默的幽默口吻）要是我是你的话，我才不管善行美德那一套呢。（然后厌恶地）哼！都是些不健康的胡说八道！也许里面讲的有点儿道理，可是莎士比亚说的却高贵庄重，头头是道。（接着又表示欣赏）孩子，可你背诵得挺动听的。是

---

① 即亚瑟·西蒙斯。
② 夏尔·波德莱尔（1821—1867），法国十九世纪最著名的现代派诗人，象征派诗歌先驱。此处提到的诗句引自波德莱尔的《醉倒吧》（Enivrez-vous）。

谁写的?

埃德蒙　　波德莱尔。

蒂龙　　从来没有听说过他。

埃德蒙　　(挑衅似的咧嘴)他还写过一首诗,是关于詹米和"白昼大道"①的。

蒂龙　　那个游手好闲的人!我巴不得他赶不上最后一班电车,今晚不得不住在城里。

埃德蒙　　(不予理会,只顾自己往下讲)尽管他是个法国人,从来没有见过百老汇,而且死在詹米出生之前,可是他还是了解詹米这个人和纽约这个地方。(他背诵西蒙斯翻译的波德莱尔的《跋》。)

"平心静气我攀登城堡的峭壁,

从高高的城楼上,把城郭一览无遗,

医院,妓院,监狱,以及类似的地狱。

那里,像花朵,轻盈地滋长出邪恶。

您知道,撒旦啊,施与我痛苦的人,

不是为了空洒泪水,我此时登高凭眺;

而是像多愁的老色鬼,忠心不贰,

只想在那个庞然大物怀里享受乐趣,

她凶恶的美貌恢复了我的青春。

---

① 美国纽约市第五街附近的大道,其间戏院林立,入夜灯火辉煌,如同白昼,因而得名。

不管你在沉睡,满身浓郁的酒气,

沉浸在白日的活动中,还是,换上新装,

笼罩着金色花边轻纱的美妙黄昏,

我爱你,声名狼藉的城市,卖淫的

和在逃犯自有他们欢乐的贡献,

凡夫俗子永远无法理解。"

蒂龙 (烦躁厌恶)又是不健康的脏话!你这套文学趣味到底是从什么鬼地方学来的?尽是肮脏,绝望和悲观!我看又是一个无神论的作家。你不承认有神,你也就不承认有希望。这正是你的毛病,要是你跪下来祈祷——

埃德蒙 (好像没有听见他的话——挖苦地)这真是詹米的好写照,你说像不像,一天到晚逃避自己,逃避威士忌,躲在百老汇旅馆的房间里跟什么胖婊子鬼混——他就喜欢她们肥肥胖胖的——还给她背诵道森的《辛娜拉》。(他以嘲弄的口吻背诵起来,可是却带有深厚的感情。)

"整夜她温暖的心房贴在我心坎上跳动,

长长的夜晚在我怀里她享受着酣睡和爱,

当然,她那涂满口红的嘴唇吻着真甜蜜,

不过我还是凄凉孤独,恋恋不忘旧相识,

我醒来时发现晨光竟是一片灰暗:

我始终是忠于你,辛娜拉!我有我的一套。"

(讥笑地)可笑那个一丝不挂的胖皇后一个字也没听懂,只是疑心别人在耻笑她!而詹米从来就没有爱过什么辛娜拉,他一辈子也没有忠于过哪一个女人,就算他有他的一套!可是他躺在床上，还是自己欺骗自己，自以为高人一等，享受着"凡夫俗子永远无法理解"的欢乐！（哈哈大笑）疯子——道道地地的疯子！

蒂龙　（迷糊地——说话声口齿不清）不错，真是疯子。要是你跪下来祈祷就好了。你不承认上帝，就等于不承认心智健全。

埃德蒙　（不予理会）可我又有什么资格自以为高人一等呢？这些糟糕的事情，我都做过。道森这个人也是一样疯疯癫癫，喝了苦艾酒的后劲使他起了灵感，于是写了这几行诗给一个愚蠢的酒吧招待，可是那个女人却认为他是个潦倒的疯酒鬼，给了他一个闭门羹，自己嫁了一个跑堂的！（又哈哈大笑——接着又严肃地，表示真正的同情）可怜的道森。酒和痨病要了他的命。（自己一惊，一瞬间显露了内心的痛苦和恐惧。接着又以讽刺的口吻自我辩解）也许我该识相一些，换个话题吧。

蒂龙　（口齿不清）你对作家的兴趣是在哪里养成的——那么一大堆鬼书！（指着后边的小书橱）伏尔泰、卢梭、叔本华、尼采、易卜生！——个个都是无神论者、傻瓜、疯子！还有你崇拜的那些诗人！那个道森，那个波德莱尔，还有斯温伯恩、奥斯卡·王尔德、惠特曼和爱伦·坡！都是些嫖客和堕落的坏蛋！哼！我好好地在那儿放了三套莎士比亚全集，（向那边大书橱点头示意）你本来可以读，你却不读。

埃德蒙　（挑衅似的）别人说莎士比亚也是个酒鬼。

蒂龙　他们胡说！我不否认他喜欢喝几杯——即使是圣贤有时也会有过错——可是他喝酒也有个分寸，不会喝得满脑子都是病态和脏物。不要把他跟你书橱里的那伙人相比。（他又指了指那个小书橱）你那个下流的左拉！你那个但丁·加布里埃尔·罗塞蒂①,他是个吸毒鬼!(自己吃了一惊,显得内疚。)

埃德蒙 (既自我辩护,又冷冰冰地)也许还是换个话题更好些。(稍停)您不能责怪我不懂莎士比亚。记得有一次您跟我打赌,我不是赢过您五块钱吗? 您说我不能像您在过去戏班子那样一个星期里学会莎士比亚剧本里一个主要角色。我很快学会了麦克白,你在旁边给我提台词,我背得一字不差。

蒂龙 (称许地)不错。这是事实。(叹了一口气,带笑地逗弄他)这可真是可怕的磨炼啊! 我记得听着你背,你把莎士比亚的名句都糟蹋得不成样子。我后悔极了,宁可输掉赌注并多赔一点钱,也不愿听你背了。(他抿着嘴轻声地笑,埃德蒙也咧开嘴笑。接着,他听到楼上的声响,吃了一惊——担心地)你听见了吗?她在来回地走动。我一直还盼着她早已睡着了。

埃德蒙 别提它了! 再来一杯怎么样?(伸过手去拿酒瓶,倒了一杯,又把酒瓶递了回去。接着,他父亲接过酒瓶倒了一杯,他极力装着若无其事的样子)妈妈是什么时候去睡的?

蒂龙 你一离开家之后,她就睡了。她不吃晚饭。究竟是什么事使你跑掉?

埃德蒙 没有什么事情。(突然举杯)好吧,敬您一杯。

蒂龙 (呆板地)孩子,干杯。(两人对饮。蒂龙又细心倾听楼上的声响——担心地)她那是在来来回回地走动了。我真巴不得她不走下楼来。

埃德蒙 (呆呆地)不错。她现在下来,只会像个鬼魂,纠缠过去的旧账。(停了一停,接着,痛苦地)一直追查到我出生以前。

---

① 但丁·加布里埃尔·罗塞蒂(1828—1882),十九世纪英国拉斐尔前派重要代表画家,意大利裔罗塞蒂家族成员之一,诗人,克莉斯缇娜·罗塞蒂的哥哥。

蒂龙　　难道她对我还不是一样吗？总是纠缠到她没有认识我以前。你还会以为她有生以来从未有过幸福的日子，除了小的时候在她父亲家里，或者是在修道院里，成天祈祷、弹钢琴。（嫉恨与抱怨相交织）我过去就跟你说过，你妈妈回想过去的事情，你就不可全信。她家那座了不起的房子也不过很一般。她父亲也并不像她瞎吹的那样是一位高贵、大方的绅士。当然，他还是一个挺不错的人，好交朋友，能说会道。我很喜欢他，他也很喜欢我。家里做的是杂货批发生意，他也算得上兴旺发迹的，人很能干。可是他有他的弱点。她总是责骂我喝酒，却不提她父亲喝酒的事。千真万确，他活到四十岁，还是滴酒未沾，可是过了这个年纪，他却大大地补偿了一番。他别的不喝，喝的只是香槟，这个嗜好再坏不过。他摆的就是这副臭架子，喝酒只喝香槟。这样，很快就送了他的命——香槟和痨病——（他没有说下去，内疚地看了他儿子一眼。）

埃德蒙　　（挖苦地）我们就好像离不开不愉快的话题，是吗？

蒂龙　　（忧伤地叹了一口气）可不是。（接着，从感情上极力高兴起来）孩子，我们玩一两把"赌场"牌游戏怎么样？①

埃德蒙　　好的。

蒂龙　　（笨拙地洗牌）在詹米乘坐最后一班电车回来之前，我们不能关门睡觉——我巴不得他搭不上车才好呢——另外，你妈没有睡着以前，我是不想上楼去的。

埃德蒙　　我也是。

蒂龙　　（继续笨手笨脚地洗牌，可是忘记发牌）刚才我跟你说的，她

---

①"赌场"牌游戏是一种两人玩的纸牌游戏。

讲起过去的事来你千万不要全信。她年轻的时候弹得一手好钢琴，还梦想成为音乐会上登台演奏的钢琴家。这套话全是奉承她的那些修女们灌输到她脑子里去的。她是她们掌上的明珠，她们喜欢她信奉天主非常虔诚。实际上，那些修女都是些没有见识的女人。她们不懂得一百个有音乐天才的儿童中也没有一个长大成人能登台表演的。这也不是说你母亲学生时代钢琴弹得不好，可是单凭这个就认为理所当然她本来就能 ——

埃德蒙 （厉声地）要玩牌，为什么不发牌？

蒂龙 是吗，我就发。（心神不定，发出牌来忽近忽远）至于说她要去当修女的那种想法，那才是最荒谬不过的。你母亲是最漂亮的一个姑娘，你可能一辈子也没有见到过。她自己也未尝不知道。她年轻的时候，有点爱捉弄人，很会卖弄一点风骚，尽管她在人前总是红着脸，羞答答的。她生性本来就摆脱不了红尘，身体健美就像一朵含苞待放的鲜花，兴致很高，又喜欢谈恋爱。

埃德蒙 天哪，爸爸！为什么不拿起牌来发呢？

蒂龙 （拿起牌来 —— 呆板地）不错，让我看看我这儿有什么牌。（两人盯着自己手中的牌，却心不在焉。接着，两人同时一惊。蒂龙低声说）你听吧！

埃德蒙 她下楼来了。

蒂龙 （慌忙地）我们玩我们的牌，只装没有注意，她一会儿就会上去的。

埃德蒙 （注视前客厅外面 —— 松了一口气）我没看见她下来。她可能起先下楼来，接着又上去了。

蒂龙　谢天谢地。

埃德蒙　不错。要是现在看到她，她的模样一定挺吓人。(非常痛苦地)最难以忍受的是她好像在自己的周围筑起了一道无形的墙，把我们隔绝在外面。也许更像一团雾，她躲在里面隐藏自己。她故意这样，真他妈的讨厌！你明明知道她存心这样做——让我们无法接近，摆脱我们，就像我们不活在人间！看来，她虽然爱我们，还是恨我们的！

蒂龙　(耐心地规劝)孩子，好了，好了。这不怪她，只怪那个倒霉的毒品。

埃德蒙　(抱怨地)这都是她故意吸毒得到的报应。至少，就我知道，她今天还吸了。(突然地)该我出牌了，是不是？这张牌。(他打出了一张牌来。)

蒂龙　(机械地出牌——好言责备)尽管她装出满不在乎的样子，她听到你生病可吓坏了。孩子，对她不要太刁难了。记住她也是身不由己，那种鬼毒品一缠上了任何人——

埃德蒙　(脸色逐渐显示敌意，以责备眼光怒视他的父亲)那种毒品本来就不该缠住她！他妈的，我才知道不该怪她！我也知道该怪谁！该怪您啊！他妈的，怪您不该那么小气。我出生之后，她病得那么厉害，要是您当时肯花钱请个像样的医生，她压根儿也不会知道有吗啡！您不但没有这样做，反而把她断送在跑旅馆的江湖医生手中，那家伙不承认自己不懂病人的病情，随随便便找了一个方便的药方子，至于病人的后果如何，他妈的，他是不管的。说来说去还不是因为他的诊费便宜！您又做了一桩便宜的买卖！

蒂龙　(被刺痛——怒气冲冲)住嘴！你竟敢信口开河谈论你一

点也不了解的事情！（极力忍住不发火）孩子，你也要明白我的苦衷。我怎么会知道他会是这样的一个医生呢？他的名声蛮好的——

埃德蒙　也许是旅馆的酒吧间里那帮酒鬼认为他不错！

蒂龙　胡说八道！我请求旅馆老板介绍最好的——

埃德蒙　一点不错！一面拼命哭穷，说得清清楚楚您要找个便宜医生！我对您这一套手法了解透了！上帝做证，就算我以前不了解，今天下午也该了解了！

蒂龙　（为自己辩护，又感到内疚）今天下午又怎么了？

埃德蒙　现在别管了。我们还是谈妈妈的事吧！我是说不管您怎样为自己辩护，我心里很明白，怪就怪在您太小气——

蒂龙　我说你胡说八道！马上住嘴，不然的话——

埃德蒙　（不予理会）在您发现她吸吗啡已经上了瘾之后，为什么不立即送她去治疗呢，趁她还来得及戒掉？您才不那样做呢，那样做就得花钱啊！我敢打赌您告诉过她的，只要意志坚强一点就可戒掉！一直到现在你的心里还是这样想的，尽管真正懂得吗啡瘾的医生跟您说过，可您想的还是那一套！

蒂龙　你又在胡说八道了！我现在总算知道了！可是当初我怎么可能知道？我懂得什么吗啡？等到我发现确实出了毛病，已经是好些年头了。起初我以为她是产后病痛没有恢复过来，不是别的什么。你还问我为什么不送她去治疗？（抱怨地）我怎么没有？我为了替她治疗花了成千上万块钱！都是白费。治疗对她有什么好处？她总是旧病复发。

埃德蒙　那是因为您从来就没有做过任何事情帮助她戒掉毒瘾！除了在她讨厌的地方有这幢破破烂烂的别墅，连一个家也没有。您还不肯花钱把这所房子修饰得像个样子，却只顾一个劲地去买地皮，上那些挖金矿、挖银矿、想发各种横财的骗子们的当！一个戏剧季接着另一个戏剧季地您把她拖着到处跑，一个地方只演出一个晚上第二天就得上路，没有任何人可以跟她聊天，一夜又一夜地在肮脏的旅馆里等着您回来，等着您在酒吧间关门后喝得醉醺醺地回来！天哪，难怪她不想戒毒。他妈的，我一想到这个事情，就恨您入骨！

蒂龙 （难堪地）埃德蒙！（接着恼羞成怒）你竟敢跟你父亲这样说话，你这个没上没下的兔崽子！我为你不知费了多少心血。

埃德蒙 我们以后要谈这个问题的，您究竟为我费了多少心血！

蒂龙 （又显得内疚——不理会他这句话）请不要重复你母亲那些疯疯癫癫的责难话，好吗？这是她毒瘾发作时的疯话，平时她是不会说的。我从来就没有违背过她的意愿，拖着她到处跑。我要她陪着我，那是很自然的事情。我爱她。她来陪我那是因为她爱我，要跟我在一起，这是天经地义的事情，不管她在吸毒之后忘乎所以，讲了什么样的疯话。再说，她一直也并不是那么孤单。要是她愿意的话，我剧团里总是有很多的人她可以谈得来。而且她还有孩子在身边，我不管花费多大一直雇着一个保姆帮她照顾。

埃德蒙 （抱怨地）不错。那是您唯一大方的地方，因为您嫉妒她在我们身上花费太多的精力，雇个保姆带我们离得远远的！其实这种做法也错了！要是妈妈自己一个人照顾我，把她的全部思想放在上面，也许她本来就可以——

蒂龙 （激起了报复之心）提起这件事情，要是你硬要按照她疯疯疯癫癫的时候所说的话来判断，那么最好你不出生，她就不会——（自觉羞愧，没有讲下去。）

埃德蒙 （突然虚脱似的，非常痛苦）一点不错。爸爸，我知道这正是妈妈的想法。

蒂龙 （后悔地反驳）她不是这样想的！她爱你就像任何一个做母亲的爱自己的儿子那么热切！我刚才那样说，只是因为你把我气得他妈的火冒三丈，像你那样重翻老账，又说你恨我——

埃德蒙 爸爸，我说的不是那个意思。（突然眉开眼笑——醉醺醺地开起玩笑来）我跟妈妈一样，不管您过去怎样，我都心不由主地喜欢您。

蒂龙 （有点醉意，咧嘴回笑）我可以说我也同样喜欢你。老实说，你并不是一个好儿子。这种情况叫作"亲生的儿子不嫌丑"。（他们两人相对而笑，既有真挚的感情，又带有醉意。蒂龙换了话题）我们玩的这场牌怎么了？该轮到谁出牌？

埃德蒙 大概轮到您了。（蒂龙打出一张牌来，埃德蒙随手赢走了，两人又忘了继续玩牌。）

蒂龙 孩子，你听了今天的坏消息千万不要太泄气。两个医生都向我保证。只要你到这个地方能循规蹈矩，六个月就会把病治好，要么最多一年。

埃德蒙 （他的脸又板了起来）不要骗我吧。你才不信他们的话呢。

蒂龙 （过分激动反倒不自然）我当然相信！我为什么不该相信，哈迪医生和那位专家两人都——？

埃德蒙 您以为我会死的。

蒂龙 胡说！你疯了！

埃德蒙 （更为抱怨）所以您心里想，为什么要白花钱呢？这就是为什么您要把我送到一家公办疗养所去——

蒂龙　（既感到内疚，又显得慌乱）什么公办疗养所？我只知道那是"山城疗养院"，两个医生都说那是最适合你去的地方。

埃德蒙　（狠狠刺伤）为的是钱！换句话说，只是为了省钱，要么一个钱也不花。爸爸，您不要撒谎！您知道得很清楚，"山城疗养院"是公办的慈善机构！詹米疑心您会向哈迪医生哭穷，他从哈迪嘴里渐渐探出了真话。

蒂龙　（大发雷霆）那个喝醉了的流氓！我要一脚把他踢到阴沟里去！你从小听得懂话以来，他就从心灵上毒害你！挑拨你反对我。

埃德蒙　公办疗养所这句话可是真的，是不是，您不能抵赖吧？

蒂龙　并不是像你的看法那样！就算是州政府经营的又怎么样，那又有什么不好呢？州政府有经费把疗养院办得比私人的更好。我去利用它的长处又有什么不应该？这是我的权利——也是你的权利。我们都是这里的居民。我还是这里有产业的人。我对维持这所疗养院出了力。我被征的税款高得要命——

埃德蒙　（怨恨地反唇相讥）税款确实高得要命，他们算算你的产业价值竟达二十五万！

蒂龙　胡说！全部抵押掉了！

埃德蒙　哈迪医生和那位专家明明知道你有多少财产。我真不知道他们听到您哭穷而且示意希望我上救济院去，他们心里究竟怎么想的？

蒂龙　又是胡说！我别的没说，只告诉他们，我负担不起百万富翁住的疗养院的费用。这是事实！

埃德蒙 可是您后来又到俱乐部去和麦圭尔见面,让他硬塞给您另外一块蹩脚的地皮,又敲了您一笔竹杠!(蒂龙正要开口否认)别抵赖了! 麦圭尔和您分手以后,我们在旅馆酒吧间碰上了他。詹米跟他开玩笑,问他是不是又引您上钩了,他向我们眨了眨眼睛,哈哈大笑!

蒂龙 (有气无力地想抵赖)他撒谎,如果他跟你说——

埃德蒙 这件事情您就别撒谎了!(越说越激烈)天哪,爸爸,自从我出门航海,独立谋生,就懂得了干苦活、挣钱少是怎么回事,尝尽了没钱用、挨饿、没地方睡、在公园里的长椅上露宿的滋味。我总是想办法原谅您,因为我了解您是从小吃苦熬过来的。我总是睁一只眼,闭一只眼。他妈的,在这种倒霉的家庭里,你非得打马虎眼不可,要不然你真要急疯了! 有时候我想起我所做过的那些蠢事,我对自己也只好找些借口过去! 我总是跟妈妈想的一样,一碰到用钱的问题您就不得不这样。可是慈悲的上帝啊,您今天这种做法未免太过头了吧! 简直使我想吐了! 并不是因为您待我怎样坏。他妈的,我倒不在乎! 我的态度对您这样坏,也不止一次了。可是您得想想,为了您的儿子患痨病住院的问题,您居然现了原形,在全城人的面前显露了这样一个臭气熏天的老守财奴的面目! 难道您还不知道哈迪那张嘴,会把话传出去,他妈的,会传遍全城的! 天哪,爸爸,难道您就没有自尊心,不怕羞耻吗?(气得要爆发起来)不要以为,这次我会饶恕您! 我不会去任何什么倒霉的公办疗养所,只是为您省几个臭钱,让您多买些蹩脚的地皮! 您这个满身铜臭气的老小气鬼——!(他呛得很厉害,说话声气得发抖,接着是一阵咳嗽全身震动。)

蒂龙 （遭到这种抨击，在椅子里往后躲闪，虽然很生气，但内疚而悔悟的心情更甚。结结巴巴地说）住嘴！别跟我说这种话！你喝醉了！我不会跟你计较的。孩子，不要咳了。无缘无故地把自己激动成这个样子。谁说过你一定要去这个什么"山城疗养院"？你愿意上哪儿去就上哪儿去好了。花多少钱我都不在乎。我所关心的只是你把病治好。不要骂我是满身铜臭气的小气鬼，我只是因为不想那帮医生把我看成百万富翁，可以让他们任意诈骗。（埃德蒙停止了咳嗽，看上去他身体虚弱，疾病缠身。他父亲惊恐地注视着他）孩子，你的样子很虚弱。最好再喝上一杯，兴奋兴奋。

埃德蒙 （一把抓过酒瓶来，倒了满满的一杯——虚弱地）谢谢。（把威士忌一饮而尽。）

蒂龙 （替自己倒了一大杯酒，把瓶子倒空了，然后一饮而尽。他低下了头，无趣地望着桌上的牌——迷迷糊糊地）该轮到谁出牌？（他呆呆地往下说，并无怨恨）满身铜臭气的老小气鬼。嗯，也许你说得对。也许我不得不如此，尽管我生平有点钱以来，我曾在酒吧间里大把大把地花钱，请里面所有的人喝酒，要么借钱给那些赖债的人，明明知道借出去是不会还的——（嘴松弛下来，自我嘲弄的样子）当然，这种情况也只有在酒吧间里我喝足了威士忌的时候。当我头脑清醒待在家，我就不会那样做了。我小时候正是在家里知道了一块钱来得不容易，又担心老了住进贫民院。从那个时候起，我就没有相信过自己的命好。我总是担心事情会发生变化，我所有的一切都会被夺走。说来说去，多购置一点地产，心里总感到安全一些。这可能不一定合适,却是我不得已的想法。银行会倒闭,钱会跟着丢掉,可是在你脚底下的地产却是永远丢不了的。(突然他的口气变得藐视一切,高人一等)你说你知道我从小吃苦熬过来的。他妈的,你知道个屁!你怎么能知道?你应有尽有——有保姆,上学校,上大学,虽然你已不再在那里了。你从小就不愁吃,不愁穿。当然,我也知道你也做过一阵子苦工,劳累过自己的背和手;在外国有一阵子无家可归,身无分文。对于这些,我倒是很佩服你的。可是,对你来说,那只是浪漫和冒险的游戏,只不过是玩玩而已。

埃德蒙 (呆钝地挖苦)不错,尤其是在"吉米神父"的酒吧间里我想自杀——几乎真的自杀的那一次。

蒂龙 那是你的神经不正常。只要是我的儿子就永远不会——那是你喝醉了酒。

埃德蒙 我清醒得很,所以才出了乱子。我坐下来思考得太久了。

蒂龙 (又醉又恼火)不要再说他妈的你那套无神论的鬼话!我才不愿听呢。我是想跟你说明白——(轻蔑地)你怎么知道钱来得不容易?我十岁那年,我父亲丢下我母亲跑回爱尔兰去等死。他回到爱尔兰不久果然死了,他真活该,但愿他下地狱受熬煎。他把毒老鼠的药当麦粉,要么看成是白糖,或者别的什么,吃了毒死了。当时也有流言蜚语说他不是无意拿错的,那可是胡说八道。我们家里永远没有人——

埃德蒙 我敢打赌,他不是无意拿错的。

蒂龙 你的话更不对头。都是你那个哥哥灌输给你的。对他来说,唯一的真理就是往最坏处想。不要管他好了。再说我母亲呢，一个人孤零零地在陌生的外国，还带着四个孩子，我和一个大一点的姊姊，还有两个比我更小的。我的两个哥哥早已搬到别的地方去了。他们也没法子帮忙，自己也困难重重，维持生活都来不及。他妈的，我们那种穷苦境况才不是小说里的浪漫故事啊！我们所谓的家是住在贫民区破破烂烂的房子，还因付不起房租两次被赶了出来。我母亲仅有的几件家具被扔在街上，我母亲和妹妹们一直哭，我也哭，可是我极力不让眼泪流出来，因为我是家里的男子汉哩！我才十岁啊！学校我是上不成了。我在一家机器工厂里一天干十二小时活。学造锉子。工厂在牲口棚一样的地方，又破又脏，下起雨来屋顶上漏水，夏天像烤火一样，冬天又没有炉子，手都冻僵了，光线只是从两个又小又脏的窗户透射进来，所以在天阴的时候我坐着把腰弯起来使眼睛几乎碰到锉子才看得见！你还谈什么干活！而且你想想我拿多少工钱？一星期五角钱！这是真的！一星期五角钱！可怜我母亲整天到美国佬家擦擦洗洗当帮工，我姊姊替人家缝缝补补，两个妹妹留在家里做家里的活。我们从来也穿不暖，吃不饱。嗯，我不会忘记有一年感恩节，也许是圣诞节吧，母亲一直在他家帮工的一个美国佬多给了她一块钱，作为节日的赏钱，她在回家的路上把这一块钱都买了吃的东西。我还记得她一面紧紧地抱我们，亲我们，一面她那疲惫的脸上快乐地流下了眼泪说："光荣归于上帝，我们这一辈子还是第一次全家人都吃了个饱！"（他擦去眼中的泪水）我母亲真是一个好人，真勇敢，真慈爱，再没有比她更勇敢、更好的人了。

埃德蒙 （受了感动）不错，她一定是这样。

蒂龙 她所担心的只是到老了，病了，非死在贫民院不可。(他停了一停——接着，带有冷酷的幽默又补充了一句)就是在那些日子里，我学会了做小气鬼。那时候一块钱可真了不起。人从生活中一旦获得了教训，是一辈子忘不了的，到现在还不得不贪便宜。要是我把这家公办的疗养所说成是上算的交易，你也得原谅我。两个医生确实都跟我说过，那是上好的地方。埃德蒙，你一定要相信，而且我向你发誓，我的意思绝不是你不想去那里，非要你去不可。(激烈地)你愿意去什么地方，自己挑好了！不要管多少钱！什么地方我都供得起。去什么地方都可以——只要价钱公道合理。(听到他父亲说出了这种条件，埃德蒙咧着嘴角笑，不满情绪全消了。他父亲继续往下讲，极力装出一副随随便便、漫不经心的样子)那位专家还介绍了另外一家疗养院。他说这家疗养院治好病人的成绩比得上全国任何一个地方。它是一帮百万富翁工厂老板捐出钱来建立的，主要是为了他们自己的工人的福利。因为你是本地居民，你也够资格去。这家疗养院有一大笔钱财做基金，他们不需收多少费用。一星期只要七块钱，你却可得到十倍于这个数目的好处。(急速地补充了一句)我并不想说服你去这里那里，懂吗？我只是简单地把我所听到的告诉你。

埃德蒙 (掩饰自己的冷笑——若无其事地)哦，我知道你的意思。对我来说，听起来的确是一件好事。我愿意去那个地方，问题不就解决了吗。(突然又感到痛苦绝望——呆呆地)不管怎样，他妈的，都没关系了。别提它了！(改换话题)我们这场牌怎样了？该谁出牌了？

蒂龙 (机械地)我不知道。大概是我吧。不，该你出牌。(埃德蒙打出一张牌来。他父亲把牌赢去,然后正要从手中打出牌来,又把牌忘了)不错,也许小时候生活给我的教训影响太深了,使我把钱看得太重,弄到后来这种错误把我大有希望的艺术前途也断送了。(伤心地)孩子,我从来没有在任何人面前承认过这件事情,可是今天晚上我是这样地苦恼,真像是到了山穷水尽的地步,虚假的傲气、伪装的门面又有什么用处。那出他妈的倒霉戏我只不过是花了几个小钱买来的,居然获得了这样大的成功,那么叫座,它真把我毁了,弄得我一味只想靠它轻而易举地赚钱,别的什么都不想干了,等到我大梦初醒,我已成了这出倒霉的戏的奴隶了,想法子排点别的戏的时候,已经太晚了。观众们已经认定了我演那个角色,不欢迎我演别的戏了。他们可真有眼力啊!我一年又一年地演那出老戏,不学新的角色,不真正努力,我年轻时候的那份天才都丧失尽了。当然,一个戏剧季下来就净赚三万五到四万块钱,不费吹灰之力!这有多大的诱惑力啊!可是在我没有买这出倒霉的戏以前,大家公认我是整个美国最有艺术前途的三四个青年演员中的一个。那时候我可拼命地干。我放弃了工厂机工的好差事,到舞台上去跑龙套,因为我爱好戏剧。那时我的野心真大。我读了所有的剧本。我读莎士比亚就跟读《圣经》那样虔诚。我自己教自己,把很重的,重得连刀子都割不下来的爱尔兰土音改过来了。我非常爱好莎士比亚。上演他的剧本就是分文不给我也心甘情愿,因为朗诵他的伟大诗篇真是感觉到活在人间的快乐。我演出他的剧本效果总是很好,深深感到他给予我灵感。要是我继续努力下去,满可以成为一个伟大的莎士比亚演员。那我自己是知道的!

一八七四年那年,著名演员埃德温·布思①来芝加哥那家剧院演出,我是这个剧院的主角。在上演莎士比亚剧本《裘力斯·凯撒》时,一场我演凯歇斯,他演勃鲁托斯;一场我演勃鲁托斯,他演凯歇斯。在上演《奥瑟罗》时,我演奥瑟罗,他演伊阿古,就这样轮流下去。我第一次扮演奥瑟罗的那个晚上,布思对我的经理说:"那个青年人演奥瑟罗比我演得还要好啊!"(得意地)这是从布思口里说出来的,当代最伟大的舞台明星!这话也并不过奖!我当时只不过二十七岁!现在回想起来,那天晚上真是我舞台生涯的最高峰!真是如愿以偿,前程似锦!后来还有一阵子我仍旧扶摇直上,怀着雄心壮志。跟你母亲结了婚。问问她我当时是何等气概。她的爱情更加增强了我的向上心。可是几年之后,我却交上了倒霉的好运气,让我找到了那出戏,那棵摇钱树。起初我并不认为那出戏会赚钱,只知道那是一个非常富于浪漫色彩的角色,我可以演得比任何人都好。不料一上演就获得了票房大成功——这样一来我就身不由己了——为了每个戏剧季净赚三万五到四万,我就被套住了!不要说,在当年算是发了一笔大财,就是现在来看也是非常可观的啊。(抱怨地)他妈的,我不知道自己一心只想买什么,肯付出那么高的代价——好吧,不管它了,现在后悔也晚了。(他迷迷糊糊地看了看自己的牌)我出牌,是不是?

埃德蒙 (深受触动,以谅解的目光注视着父亲——慢吞吞地)爸爸,您告诉我这段经历太好了。我现在对您的了解清楚多了。

---

① 埃德温·布思(1833—1893),以演莎士比亚剧本闻名的美国舞台剧演员。

蒂龙 （松了一口气似的歪着嘴笑）也许我本来不该告诉你,也许你听了会更瞧不起我。而且要使你懂得钱是来得不容易的,这也不是一个好方法。（接着,这句话似乎在他心里很自然地激起了联想,他抬头看了一看吊灯,脸上显示出很不以为然的神色）多点那么一些灯照得我都眼花缭乱了。我关掉这些灯,你不会在意吧? 我们不需要点这些灯,而且让电气公司发了财,对我们也没有什么好处。

埃德蒙 （忍住大声讥讽的笑,代之以佯装的笑——欣然同意地）当然没有好处。关掉好了。

蒂龙 （笨重地、摇摇晃晃地站了起来,伸手乱摸想把灯关掉——他的心思又回到刚才的思路上）不错,我真不知道,他妈的,当初我一心只想买什么。（咔嗒一声,他关了一盏灯）埃德蒙,我可以发誓,现在我自己就是没有一亩地,在银行里不存一分钱,我也心甘情愿——（咔嗒一声又关了一盏灯）我情愿无家可归,到老住进贫民院,要是我回顾自己的一生,可以说已经成为优秀的艺术家,没有辜负自己的才华。（他关掉了第三盏灯,只剩下台灯还点着,然后又笨重地坐了下来。埃德蒙突然忍不住放声大笑,笑声中显得勉强和讽刺。蒂龙感到自尊心受了伤害）你究竟在笑什么?

埃德蒙 爸爸,不是笑你。我在嘲笑人的一生。真他妈的愚蠢透顶。

蒂龙 （咆哮）你太悲观厌世了! 人生并没有什么错。错的是我们自己——（他吟诵莎士比亚的诗句）"亲爱的勃鲁托斯,不怪天,不怪命,怪只怪自己不长进。"[1]（他停了一停——然后忧

---

[1] 引自莎士比亚剧本《凯撒大帝》第一幕第二场。

伤地）埃德温·布思夸我所演的奥瑟罗这一角色的那句话，我要经理一字不差地记了下来。多年来我把它藏在我怀里的钱包里，时常掏出来看了又看，直到后来我看了很难过，不想再看了。现在也不知道放到哪儿去了？总在这所房子里的什么地方。我非常小心地收藏起来的——

埃德蒙 （带着讽刺性的受伤口吻，打趣地说）可能藏在阁楼上的一只旧箱子里，跟妈妈的结婚礼服放在一起。（看到他父亲瞪眼看他，又迅速补充了一句）看在上帝的分上，既然我们玩牌，我们就玩牌吧。（他把他父亲打出来的一张牌赢了进去，自己又出了一张牌。两人像机器玩牌人那样继续玩了一会儿牌。接着，蒂龙忽然住手，细心倾听楼上的声响。）

蒂龙 她还在来回地走动。天晓得什么时候她才去睡觉。

埃德蒙 （强烈地央求）看在上帝的分上，爸爸，别管她了！（他伸手过去，倒了一杯酒。蒂龙起初想要制止，后来又作罢，埃德蒙喝酒。他把酒杯放下来，感情发生了变化。他开口说话的时候，好像有意借酒装疯，装出一副伤感的样子）不错，她在我们上面，离我们远远的，走来走去，是个纠缠着过去的鬼魂。我们却坐在这儿，一面装着忘记过去，一面却竖起耳朵来细听最微小的声音，只听见雾气从屋檐上一滴滴地淌下来，就像一座摇摇欲坠发条松弛的老钟，发出时断时续的嘀嗒声——也像在下等低级的酒吧间里，意气消沉的娼妇在肮脏的桌面上掉下了伤心的眼泪，洒在一摊隔夜的啤酒上！（他带着酒后感伤的欣赏情绪哈哈大笑）刚才那句话不错，是吗？是我自己的创作，不是从波德莱尔那儿引来的。我还值得称赞吧！（醉后多嘴）您刚才告诉了我您最值得回忆的几件事。我也有过，愿意听听我的吗？都是跟航海有关系的。记得有一次，我乘着一只"北欧人号"方头帆船开往布宜诺斯艾利斯去。天空一轮明月，迎面吹来信风。那只又老又破的船倒也乘风破浪每小时航行十四海里。我躺在船头斜桅上，面对着船尾，脚底下拖着的海水起着白沫的浪花，头顶上每根桅杆扬着帆，在月光里飘扬着一片片的白色。眼前的美景和船身歌声般有节奏的摆动使我完全陶醉了，一时忘记了自我——的的确确好像丧失了生命。我像是突破了人生的牢笼，获得了自身的自由！我和海洋融为一体，化为白帆，变成飞溅的浪花，又变成美景和节奏，变成月光、船，以及星光隐约的天空！我感到没有过去，也没有将来，只觉得在大自然的怀抱中平安、协调，欣喜若狂，超越了自己渺小的生命，或者说人类的生命，达到了永生的境界！如果你愿意，也可以说是到达了上帝的境界。还有一次，我在美国船运公司的船上工作，在眺望台上值早班守望。那一次海上是风平浪静的，海洋中的波涛只是懒懒地一起一伏，船身似沉睡般地左右摇摆着。船上的乘客都在睡梦中，水手也没有一个在眼前，四周没有人的动静。在我的背后，在我的脚下，一堆堆黑烟从船上的烟囱喷冒出来。我在做梦，也不顾职守，只觉得孤零零一人，高高在上，远离尘世，眼望晨光像彩色图画一般的美梦偷偷地潜进水天一色之中。就在那一刹那我又感到浑身自由，心醉神迷。我感到平安，好像到达了目的的彼岸，最后的一个港口，只有愿望的达成，不再需要追求。那种感觉超越了人类种种丑恶、可鄙、贪婪的恐惧和希求以及幻梦！还有，在我人生的道路上不止一次，我游泳远远地游到深海处，要么一个人躺在沙滩上，我也有同样的感觉。好像化身为太阳，热烘烘的沙，或者像岩石上碧绿的水藻随着浪潮漂荡，又像圣徒幻想见到了天堂，也像掩盖万物的帷幕，无形中有手把它拉开，让你一瞬之间看到了——看清了秘密，你本身就是秘密。一瞬之间，什么都有了意义！然后那只手又把帷幕垂了下来，你一个人孤零零留在外边，又迷失在雾中，人生坎坷，四处碰壁，不知往何处去，也不知道事情的源头！（苦笑）我生而为人，真是一个大错。要是生而为一只海鸥或是一条鱼，我会一帆风顺得多。作为一个人，我总是一个不自在的陌生人，一个自己并不真正需要，也不真正为别人所需要的人，一个永远无所归依的人，心里总是存在一点儿想死的念头。

蒂龙 （瞪眼望着埃德蒙——印象很深）不错，你倒有一点诗人的天赋。（接着，又不自在地表示反对）可是什么是不为别人所需要，想死的念头，那又是一套病态的疯话。

埃德蒙 （挖苦地）什么诗人的天赋。不，我倒担心我像那个永远在马路上讨烟抽的叫花子。他连卷烟的天赋都没有，只有烟瘾。我刚才想告诉您我一辈子也写不出来。我只能结结巴巴，讲也讲不清楚。我所能够做到的只限于此。我的意思是说，只要我活着我的能力只限于此。也罢，这至少可以说是忠实的现实主义。我们雾里人家①说话天生就结结巴巴。（停了一停。接着，屋子外面传来了声响，他们两人都惊跳起来，好像有人绊倒了，跌在前面台阶上。埃德蒙咧嘴而笑）好啦！听起来不正是我们期待的那位老兄吗？他一定喝过瘾了。

---

① 雾里人家是指蒂龙一家人都像雾一样，总是模糊不定，逃避现实。

蒂龙　　（板着脸孔）那个游手好闲的流氓！他居然赶上了最后一班车子，算我们不走运。（他立起身来）埃德蒙，快点叫他去睡觉。我出去到阳台上站一会儿。他一喝醉了酒，他那张利嘴就跟毒蛇一般地毒。我非大发雷霆不可。（他从边门走到阳台上，这时詹米穿过过道，前门砰的一声在他身后关上。埃德蒙饶有兴致地望着詹米跟跟跄跄穿过前客厅。詹米走了进来。他喝得酩酊大醉，两腿发软不听调度。眼睛呆滞，脸上浮肿，说话声模糊不清，嘴巴和他父亲一样耷拉着，嘴唇上挂着一丝奸笑。）

詹米　　（站在门口，摇晃着身子，眨着眼睛——大声嚷嚷）你们好啊！你们好啊！

埃德蒙　（厉声）喂，小声一点！

詹米　　（惊愕地看着他）哦，小弟，是你。（非常严肃地）我醉得就像个混蛋。

埃德蒙　（冷淡地）谢谢你告诉了我你的大秘密。

詹米　　（咧着嘴傻笑）不错，这叫作毫无必要的头条新闻，是吗？（他弯下腰来拍拍裤子的膝盖）发生大事故了。前门的台阶有意跟我过不去，趁着雾给我来了一个伏击。外面那里就该盖上一座灯塔。里面屋子里也漆黑一片。（皱起眉头）这究竟怎么啦，黑得就像一间停尸房？让我们打开窗户说亮话。（他摇摇晃晃向前走到圆桌前，背诵吉卜林①的诗句。）

"浅滩，浅滩，卡布尔河浅滩，

黑夜里的卡布尔河浅滩！

顺着跨河石桩，它们定能指引你们

---

① 拉迪亚德·吉卜林（1865—1936），英国首位诺贝尔文学奖得主，诗人、小说家。此处引自他的诗《卡布尔河浅滩》（Ford o' Kabul River）。

在黑夜里跨过卡布尔河浅滩。"

(他在吊灯上摸索了一阵,终于扭亮了那三盏灯)这样还差不多。让那个老吝啬鬼见鬼去吧!那个守财奴到哪里去了?

埃德蒙 在外面阳台上。

詹米 难道要我们在加尔各答的黑洞里过日子吗?(目光注视到一瓶满满的威士忌)啊呀!我全身发抖,难道发酒疯了吗?(他伸手过去摸索,把瓶子抓在手中)上帝做证,真是一瓶酒。老头子今天夜里怎么啦?一定是老糊涂了,竟把这瓶酒忘在外边。抓住时机,这是成功的诀窍。(满满地倒了一大杯,都溢了出来。)

埃德蒙 你现在已经喝得烂醉,再灌就得醉倒了。

詹米 少年老成。小弟,少卖弄小聪明。你还是一个乳臭未干的孩子。(他慢慢地坐在椅子上,小心翼翼地把那杯酒举在手里。)

埃德蒙 好吧。要醉听便。

詹米 问题就是醉不倒。我今晚喝的酒足够使一只船沉下去,可是船就是老沉不下去。好吧,再碰碰运气。(他喝酒。)

埃德蒙 把酒瓶给我递过来。我也喝上一杯。

詹米 (突然表现出兄长式的关怀,抓住酒瓶)不行,你不行。只要我在你身边,你就不能喝酒。别忘了,这是医生的叮嘱。也许别人不关心你的死活,可是我却要关心。我的小弟弟。我爱你爱得多么深,小弟。我别的一切都完了,所剩下的只有你了。(把酒瓶更抓近身边)所以只要我做得到,我是不会让你喝酒的。(除了酒醉后的伤感情绪,也有真诚的友爱。)

埃德蒙 (厌烦地)哦,算了吧。

詹米 (自尊心受到损伤,板起了脸孔)你不信我真心实意的关心,是吗?还以为是酒后的胡说。(把酒瓶递了过去)好吧!你喝你的，自己找死。

埃德蒙 （看他受了委屈——亲热地）我当然明白你关心我，詹米，我也打算再也不喝酒了。可是今天晚上不算数。今天发生的倒霉的事情太多了。（他倒了一杯酒）我敬你一杯。（喝酒。）

詹米 （清醒了一下子，显露出一副怜悯的样子）小弟，我知道。对你来说，今天真是倒霉的一天。（接着，冷言冷语地）我敢打赌那个老吝啬鬼并没有要你戒酒。也许还送了你一箱子带到穷病人住的公办疗养所去喝。你早一天上西天，他可以少花一天的钱。（既藐视又怨恨）什么婊子养的父亲！上帝，要是你把他的所作所为写成一本书，也没有人会相信会有这种人！

埃德蒙 （为父亲辩护）哦，爸爸还不算太坏。你要想办法理解他——凡事都一笑了之。

詹米 （挖苦地）原来他又在跟你诉说他那套受苦经了，是吗？他总是骗得过你，可是骗不过我。我再也不信他那一套了。（说到这里缓慢下来）可是，在一件事情上我确实有几分可怜他。可是就连那个也是他自讨苦吃，只怪他自己不好。（急忙又说了一句）让那件事情见鬼去吧。（他抓过来酒瓶，又倒了一杯，显得很醉的样子）刚才那一杯酒劲头可真不小。这一杯该把我弄得两眼发黑，醉死过去了。你跟老吝啬鬼说过没有，我从哈迪医生口里探听出来这所疗养院是慈善事业的收容所？

埃德蒙 （勉强地）是的，我跟他说过了，我不愿去那里。现在问题都得到了解决。他说我可以去任何我愿去的地方。（毫无怨言地笑着，又补充了一句）当然，只要价钱公平合理。

詹米 （醉醺醺地模仿他父亲的口气）孩子，当然可以。任何事情只要公平合理。（讥讽）这就是说，送你到另一个下等低级的收容所去。他真像《钟声》[①]那出戏里的吝啬鬼老加斯帕尔，这个角色他来演可以不用化装。

埃德蒙 （厌烦地）哎呀，请你住嘴，好吧。那个老家伙加斯帕尔我都听过几百几千次了。

詹米 （耸耸肩——口齿不清地）好吧，只要你不在意——让他安排好了。那是有关你死活的事——我的意思是，希望你活着。

埃德蒙 （改换话题）你今晚在城里干了什么？上玛米·伯恩斯那儿去了吗？

詹米 （烂醉，不停点头）对了，那是一定的。除了她之外，我到哪里去找合适的女伴？还有爱。别忘了爱。没有一个好女人的爱又算什么男子汉？他妈的只有空空的躯壳，白白地活了一生。

埃德蒙 （带有醉意地咯咯笑了起来，忘乎所以，酒兴发作）你这个疯子。

詹米 （兴致勃勃地朗诵奥斯卡·王尔德《娼妓公馆》的诗句。）

"我就转脸对我爱人说：

'死人陪了死人去跳舞，

尘土团团转的是尘土。'

但是她——她听见提琴声响，

就离开我身边，走进去——：

---

① 即《科尔纳维尔的钟声》，一出首演于1877年的法国喜歌剧，曾流行一时，由罗贝尔·普朗凯特作曲，由路易·克莱维尔和夏尔·加贝作词。剧中人物老加斯帕尔是流亡侯爵亨利的管家，一心想把侯爵的科尔纳维尔城堡和家族财产据为己有。

爱进入了肉欲之家。

然后音乐忽然不成调，

舞伴一对对也不再跳……"

（他突然停止了朗诵，口齿不清地）诗里的话并不确切。要是我的爱人陪着我的话，我不会注意到它。她一定是一个鬼吧。（稍停）你猜我在玛米家的美人中挑了哪一个跟我同床共枕。小弟，我告诉你一件好笑的事。我挑了胖紫罗兰。

埃德蒙　（醉醺醺地哈哈大笑）真的吗？我才不信呢。多怪的挑选！天哪，她足有一吨重。你为什么那样，开玩笑吗？

詹米　不是开玩笑，而是非常令人担心的事。我走到玛米那个家的时候，我为自己感到十分难过，也为世界上所有的可怜游民感到十分难过，急于投入任何女人的怀抱痛哭一场。每逢酒神约翰·巴里科恩捉弄你，在你心头奏起感伤的音乐，你知道你会是什么心情。接着，我一进门，玛米就跟我诉起苦来，抱怨生意多么糟糕，准备打发胖紫罗兰出门。顾客们没有一个看得上胖紫的。她把她留下来的唯一原因是她弹得一手好钢琴。可是近来胖紫常常喝得烂醉，不能心平气和地专心弹琴，一天到晚只知道坐着吃，非把她吃穷吃垮。可是，胖紫罗兰又是个心肠好的笨蛋，她又可怜她，要是把她撵出去，真不知道她究竟怎样谋生过活。话虽如此，还得公事公办，她不能白白地养着一帮胖婊子。唉，我听了这番话，真为胖紫罗兰难过，所以我就花了你分给我的两块钱陪她上楼去。我并没有心怀邪念。我确实喜欢胖女人，可是也不是要像她那样的胖法。我所指望的只是贴心地谈谈彼此的伤心身世。

埃德蒙 （醉醺醺地笑了起来）可怜的胖紫！我可以打赌你又给她背诵了吉卜林、斯温伯恩和道森的诗句，还跟她说："我始终是忠于你，辛娜拉，我有我的一套。"

詹米 （嬉皮笑脸地）那是当然哟——还有酒神音乐大师约翰·巴里科恩奏乐伴奏。①她耐着性子听了一会儿，可是后来不耐烦地发火了。她认为我带她上楼是跟她开玩笑，破口臭骂了我一顿。说什么她总比一个只会背诗的酒鬼强。接着，她就哭起来了。所以我只好说因为她胖，我才爱她。她愿意相信我这句话，为了证明我的话是出于真心，我就陪她睡了，这样她才高兴了，我走的时候她跟我接吻，并且说她早就迷恋上了我，在过道上我们又抱着哭了一阵子，一切又好了，只是玛米·伯恩斯认为我疯了。

埃德蒙 （嘲弄地朗诵）"卖淫的和在逃犯自有他们欢乐的贡献，凡夫俗子永远无法理解。"

詹米 （醉醺醺地点头）一点不错！玩得真够痛快。小弟，你本来就该跟我一道去。玛米·伯恩斯还问候你呢。听说你病了，她还很难过，她倒是真心实意的。（停了一停——接着，以蹩脚演员那种感伤的幽默口吻说）小家伙，今天晚上的事情打开了我的眼界，看到了自己伟大的前程！我将把我的表演艺术奉还给马戏团里的海豹，因为只有海豹才能把表演艺术发挥到尽善尽美的地步。我还是发挥我自己的天赋才能，使它用得其所，将来一定可以登峰造极！我可以成为美国最有名的马戏团里世界上最胖的女人的情人！（埃德蒙听了哈哈大笑。詹米的

---

① 约翰·巴里科恩是一个感伤型的酒鬼。此处詹米把酒拟人化，意谓酒能使人多愁善感。

情绪突然变得骄傲自大，目空一切。)哼！想想我居然堕落到了这样的地步，竟跟这个穷乡僻壤窑子里的胖婊子勾搭上了！我啊！从前在百老汇曾经使得一些最漂亮的女明星都追求我，向我求爱！(朗诵吉卜林的《流浪大王六行诗》的诗句。)

"总而言之，我是过来人，

走遍了行乐之路满天下。"

(沉浸在忧郁之中)不太恰当。及时行乐之路是骗人的话。令人厌倦之路才是真的。真不知会把你送到哪儿去。我现在究竟在哪儿——不知在何处。所有的人下场都是这样，即使是多数的傻瓜不愿承认。

埃德蒙　　(嘲弄地)完全不是这样！过一会儿你又要痛哭流泪了。

詹米　　(吃了一惊，怨恨仇视地盯着他的弟弟——口齿不清)别他妈的太放肆了。(突然改变口气)可是你的话说得也对。别再后悔了！胖紫罗兰是个好姑娘。我跟她睡了一觉，感到很高兴。真是一种基督的施舍行为。我把她哄得不再伤心了。我自己也玩得挺痛快。小弟，你本来就该跟我一道去。去消消愁解解闷。跑回家来眼巴巴看着解决不了的问题而烦恼，又有什么用。一切都完蛋了——了结了——一点希望也没有了！

(他没有讲下去，头醉醺醺地往下垂，眼睛紧闭——接着，突然抬起头来，板着脸孔，嘲弄地朗诵。)

"如果把我送上最高的山冈上吊死，

我的妈妈，我的妈妈啊！

我知道妈妈的爱依然会跟随我……"[1]

---

[1] 引自吉卜林的诗《我的母亲》。

埃德蒙 （凶暴地）住口！

詹米 （令人痛苦的嘲弄口吻，并带有仇恨情绪）吸毒鬼上哪儿去啦？睡了吗？（埃德蒙猛地向后一仰，仿佛挨了打似的。两人情绪紧张，默不作声。埃德蒙脸色苍白，显示出病容。接着，一阵狂怒，他从椅子上一跃而起。）

埃德蒙 你这个卑鄙的家伙！（他对着哥哥的脸上打了一拳，这一拳刚好从颊骨上滑了过去。一刹那间，詹米做出了格斗的反应，侧身从椅子上站立起来要打架，可是突然他似乎从酒醉中清醒过来，惊恐地认识到了刚才所说的话，又颓然地倒在椅子上。）

詹米 （痛苦地）小弟，谢谢你。我真是该挨打。鬼迷住了我的心窍——醉后说了些胡话——小弟，你是了解我的。

埃德蒙 （怒气渐渐平息）我知道你决不会说那样的话，要不是——可是上帝呀，不管喝得怎样醉也不能说那样的话！（他停了一停——痛苦地）对不起，我动手打了你。我和你从来没有吵架——吵得这样厉害。（他颓然倒回在椅子上。）

詹米 （嗓子沙哑地）打得对。我真是该打。我这个烂舌头，真该把它割掉。（用双手掩住脸——呆呆地）大概因为我感到太失望了。这次妈妈把我给唬住了。我真的相信她已经戒掉了毒瘾。她以为我老是往最坏处想，可是这次我可是往最好处想。（他的声音颤抖起来）大概我上当了，我就不能宽恕她了——现在还是不能宽恕她。这对我来说是多么重大的事。当初我怀着多大的希望，要是她真的能戒毒，可能我也会重新做人。（他哭了起来，哭泣中可怕的是看上去不是酒醉后的眼泪，而是头脑清醒时的眼泪。）

埃德蒙 （眨着眼忍住自己的眼泪）天哪！难道我还不知道你的感

受！詹米，别这样了！

詹米 （极力抑制住自己的哭泣）我了解妈妈比你长久多了。我永远不会忘记第一次我怎样把事情弄清楚。我当场看到她注射吗啡针。上帝呀，我从前连做梦也没有想到过，除了婊子以外还有别的女人吸毒！（停了一停）而且现在又加上了你患痨病这件事。我简直受不了！我们不仅是手足兄弟，你还是我有生以来唯一的知己。我爱你爱得多么深。为了你，我什么都心甘情愿。

埃德蒙 （伸过手去轻轻拍拍他的胳膊）詹米，这些我都了解。

詹米 （不再哭了——两手从脸上垂了下来——用一种异常的怨恨口吻）可是我敢打赌，你一定听到了妈妈和老吝啬鬼说了我许许多多的坏话。说我总是往最坏处想，你现在一定疑心我心里在想，爸爸老了，在世的日子已经不长了，如果你死了，爸爸所有的财产都归妈妈和我了，所以你猜我可能希望——

埃德蒙 （愤慨地）住口，他妈的，你这个笨蛋！你的脑袋瓜中，怎么会起这个鬼念头？（指责地瞪眼望着他的哥哥）喂，我就是想知道，你的心上怎么会有这种念头？

詹米 （思想混乱——又显得喝醉了的样子）别装糊涂了！我早就跟你说过！老是疑心我凡事总是往坏处想。我竟习以为常，改也改不了——（接着又醉醺醺地怨恨起来）你究竟打算干什么，要控告我吗？少跟我耍花招！我生平的阅历毕竟比你广博得多！就算你读了一大堆自以为了不起的破书，不要以为你就可以愚弄我！你不过是一个个子长得大的小孩子罢了！妈妈的宝贝，爸爸的宠儿！家里人的希望都寄托在你的身上。近来你骄傲得简直昏头涨脑。没有什么了不起啊！不过在穷乡僻壤的小报纸上登了几首诗！他妈的，我过去在大学文学期刊写的文章比你的好多了。你的脑子还是清醒清醒好！你并没有干出什么轰轰烈烈的事情出来！那一伙没见过世面的小丑却把你吹捧得得意忘形，以为你的前程似锦——（突然他的口气又变得后悔莫及，听起来令人恶心。埃德蒙把脸掉转过去，不去理会他的这番挑衅的话）哎呀，小弟，不要放在心上，算我放屁好了。你知道我说了也不算数。你做出了成就，没有人比我更引以为荣的了。（醉醺醺的武断口气）为什么我不引以为荣呢？唉，那纯粹是自私自利。你的成就也反映了我的功劳。你长大成人，我所花费的心血比谁都要多。我教会了你怎样对付女人，所以你从来没有上当受骗，没有犯过你所不愿犯的错误！再说，又是谁首先指引念诗的呢？举例来说，斯温伯恩的诗是谁教给你的呢？是我！因为我一度想写作，我在你心上种下了念头，有一天你会成为作家！他妈的，你不仅仅是我的兄弟。我亲手造就了你！你是我的弗兰肯斯坦[1]。（他的酒兴大发，显示出一副傲慢的口气。埃德蒙这时感到有趣，咧着嘴笑。）

埃德蒙 好，就算我是你亲手造就的弗兰肯斯坦。我们来喝一杯吧。（他哈哈大笑）你这个疯子！

詹米 （口齿不清地）我来喝一杯。可你不能喝。我得照料你。（他带着几分关切之情的傻笑伸过手去，抓住他弟弟的手不放）不要担心害怕进那所疗养院的事。他妈的，你可以轻而易举地对付

---

[1] 出自英国作家玛丽·雪莱创作的十九世纪通俗小说《弗兰肯斯坦》。小说中弗兰肯斯坦博士造了一个不知名的人形怪物，后来大家为了方便，就叫那怪物为弗兰肯斯坦。

过去。六个月你就会面色红润，健康正常。也许你压根儿就没有患痨病。医生们都是骗子。多年以前他们就跟我说要我戒酒，不然的话要不了多久就会见阎王爷——可是我还活着。他们都招摇撞骗，千方百计搞到你的钱。我敢打赌这所公办的疗养院也是政客们贪污贿赂的把戏。医生们每次送去一个病人都从中捞取油水。

埃德蒙 （又厌恶又感兴趣）你这个人真叫人够受的了。就算末日审判的时候，你也会告诉大家，只要口袋里有钱，保险可赢。

詹米 一点不错。你只要暗地里塞给上帝几个小钱，就可以得救。可是如果你一个钱也没有，那只好下地狱！（他说了这句亵渎上帝的话咧着嘴笑了一笑，埃德蒙只得跟着笑。詹米接着往下说）"因此把钱放进你的钱袋。"①这是唯一的成功之道。（嘲笑地）我成功的窍门！瞧我多么得意！（他放开埃德蒙的手，倒了一大杯酒，一饮而尽。他醉眼模糊却又显得亲热地望着他的弟弟——又抓住他的手，口齿不清却带着一种奇特的真挚劝导口吻说）小弟，你听我说，你就要走了。也许没有别的机会可以跟你交谈了。要么可能酒喝得不够醉不愿跟你说实话。所以还是现在告诉你。有些事情我早就该告诉你——也是为了你好。（他停了一下——内心斗争。埃德蒙瞪眼望着，有点感动，也有点不安。詹米脱口说出）不是醉后的胡说八道，而是酒后吐真言。你最好还是认真听着。我早就想告诫你——要防备我。妈妈和爸爸说得不错。我给了你很坏很坏的影响。而且其中最坏的是，我是完全有意害你的。

---

① 引自莎士比亚剧本《奥瑟罗》第一幕第三场。

埃德蒙 （不安地）住口！我不想听——

詹米 一点不假，小弟！你听着！我是有意害你，想把你变成一个流氓。至少有一部分我是这样做的。有一大部分。这部分的我早已死去了。这部分的我一直仇恨生活。我跟你说过，我使你变得明智，不重犯我所犯的错误。有的时候我自己也信以为真，其实那是捏造的。那样做使得我犯了错误仿佛也是好事；我喝醉了仿佛也很浪漫；娼妓们仿佛不是穷酸、愚蠢、满身脏病的贱货，而是舞台上迷人的荡妇；取笑正经的工作，认为那是傻瓜们的把戏，一直就不想你获得成就，唯恐相形之下更显得我窝囊；总是盼望你失败，老是嫉妒你。妈妈的宝贝，爸爸的宠儿！（他瞪眼望着埃德蒙，仇恨之心越来越深）而且正是因为你的出生，妈妈才染上毒瘾的。我知道那不是你的错，可是尽管这样，他妈的，我还是恨你入骨——！

埃德蒙 （吓得要命）詹米！别说这种话！你简直疯了！

詹米 小弟，别误解了我的意思。我虽然恨你，但是我更爱你。我说出了我告诉你的那套话就证明了这一点。我担着你会恨我的风险还是跟你说了实话——而且你还是我唯一留下来的亲人。不过最后那句话我可不是有意说出来的——一说就扯得那么远。也不知道怎么一说就说出来了。我想要跟你说的是，我希望看到你成为世界上最有成就的人。可是你最好还是要提防着我。因为我要尽他妈的最大的努力使你失败。我不得不这样做。我恨我自己，所以要报复。在别人身上报复。尤其在你身上报复。奥斯卡·王尔德的《狱中记》把事实歪曲了。一个人已经麻木不仁，所以他才不得不把他心爱的东西弄死。事实应该是这样的。我死去的那个部分希望你的病治不好，也许甚至还高兴看到妈妈又吸上了吗啡！这种人想找陪死鬼，他不愿做家里唯一的死尸。(冷酷而痛苦地笑了一笑。)

埃德蒙　　天哪，詹米！你真的发疯了！

詹米　　你仔细想想，就会明白我的话不错。你在疗养院不在我的身边的时候，再仔细想想。一定要下决心提防着我——不要把我放在心上——就当我已经死了——告诉别人："我原来有一个哥哥，可是他已经死了。"在你出院回家以后，对我也要小心一点！我会在家等着欢迎你，称你作"我的老伙伴"，高高兴兴地对你表示欢迎，可是乘你一旦不防备，我会在背后捅你一刀。

埃德蒙　　住口！要是我再听你说下去，我就该死——

詹米　　(好像没有听见似的)只是不要忘了我。记住这是我告诫你的——我是真心实意为你好。这点功劳总得归我。人的爱不会比这更伟大的了，竟然警告自己的兄弟不要吃自己的亏。(这时醉得厉害，脑袋不停地摆动)我的话就是这些。心里痛快多了。就像向上帝忏悔一样。小弟，我知道你会宽恕我的，对吗？你理解我。你是一个非常好的孩子。本来也应该好。我亲手造就了你。那么就去安心养病吧。可千万不要在我最需要的时候撒手见了阎王爷。你是我留下的唯一的亲人了。小弟，上帝保佑你。(眼睛闭了起来，嘴里还咕哝)最后一杯酒——不省人事了。(酒醉倒下打瞌睡，并未睡熟。埃德蒙痛苦万分，把脸埋在两手中。蒂龙静悄悄地从阳台穿过纱门进来。他的大外套已被雾水浸湿，领口翻上去遮住喉头。他的脸部表情严肃，厌恶，可又显出怜悯之情。埃德蒙没有注意到他进来。)

蒂龙 （轻声细语地）谢天谢地，他睡着了。（埃德蒙抬起头来，吃了一惊）我还以为他说起来永远没完没了。（把大外套的领子翻了下来）我们最好还是让他睡在那儿，让他把酒睡醒。（埃德蒙依旧没有说话。蒂龙注视着他——然后，他又接着说）我听到他说的最后一段话。那正是我一直警告你的。现在既然他亲口说了出来，我希望你认真对待我的警告。（埃德蒙显示出毫无所闻的样子。蒂龙带着怜悯之情又说了几句）不过，孩子，你也不要把这话过于放在心上。他一喝醉了，就喜欢言过其实地夸大自己的弱点。他一直对你很友爱。这是他身上唯一的优点。（他低头望着詹米，显示出伤心怨恨的心情）好一副洋相，真给我丢尽了脸！我的第一个儿子，我真希望他光宗耀祖，小的时候那么有才华，那么有出息！

埃德蒙 （万分痛苦）爸爸，别说了，好吧？

蒂龙 （倒了一杯酒）毁了！只剩下一具残骸，一具烂醉如泥的残骸，彻底完蛋了！（自己喝酒。詹米不安地动了起来，意识到他父亲站在面前，从酒醉恍惚中挣扎起来。他睁开了眼睛向着蒂龙眨眼。他的父亲戒备地向后退了一步，逐渐板起了面孔。）

詹米 （突然用手指指着他的父亲，用演戏的口吻背诵起来。）

"克莱伦斯已到此，冈上作乱的小人，

曾在图斯伯雷战场上背后暗算我者。

众鬼神，上前捉拿，拿出去千刀万剐。"[1]

（然后又抱怨地）你在瞪着眼看什么鬼东西？（又讥讽地背诵罗塞蒂的诗句。）

---

[1] 引自莎士比亚剧本《理查三世》第一幕第四场。

"认清楚我的脸。我名叫'恨不得';

亦名'奈何天''空悲叹''生离死别'。"①

蒂龙　你到底叫什么我是一清二楚的,天老爷知道我不愿看你那副尊容。

埃德蒙　爸爸!别说了!

詹米　(嘲弄地)爸爸,我给您想了一个了不起的好主意。这个戏剧季可以老戏新排重新上演《钟声》那出戏。你不用化装就可扮演剧中一个了不起的角色。吝啬鬼老加斯帕尔!(蒂龙转过身去,极力控制住自己的怒气。)

埃德蒙　詹米,住口!

詹米　(嘲弄地)我敢说大名鼎鼎的演员埃德温·布思的表演永远也赶不上一只马戏团里训练有素的海豹。这些海豹既聪明又诚实。它们从不胡吹乱扯什么舞台技巧,承认自己只是笨拙的演员,为的是每天混鱼吃。

蒂龙　(被刺痛了。怒气冲冲对詹米大发雷霆)你这个游手好闲的流氓!

埃德蒙　爸爸!您又要大吵大闹把妈妈弄下楼来吗?詹米,再去睡觉吧!你信口开河说得已经够多的了。(蒂龙转过身去。)

詹米　(口齿不清地)小弟,你说得对。不是来吵架的。他妈的真太困了。(他闭上了眼睛,头往下垂。蒂龙走到圆桌边坐了下来,移动了一下椅子使他看不见詹米。他立刻也瞌睡起来。)

蒂龙　(沉闷地)但愿上帝开眼她上床去睡觉,我也好去睡。(昏昏欲睡)我真累死了。我不能像过去那样整夜整夜地不睡了。

---

① 引自但丁·加布里埃尔·罗塞蒂的一首十四行诗《一份题词》(A Superscription)。

渐渐老了——老了,完蛋了。(哈欠打得连下巴骨都响了)眼睛都睁不开了。我想打一会儿盹。埃德蒙,你为什么不也打一会儿盹呢? 可以消磨一点时间,等到她——

(他的声音渐渐低下去,双眼闭了起来,颊颚下垂着,嘴巴里开始呼呼地出粗气。埃德蒙紧张地坐在那里。他忽然听到一种声响,不安地在椅子上向前猛地一动,瞪着眼睛望着前客厅那边的过道。他跳了起来,显露出一副东张西望、精神错乱的样子。有一刹那时间仿佛他要躲进后客厅去。接着,他又坐了下来等着,眼睛避而不看,双手紧握着椅子的扶手。突然有人把墙上的开关扭开,前客厅里吊灯上的五只灯泡放射出光亮,片刻以后有人开始在那儿弹起钢琴来了——弹的是肖邦的一首比较简单的圆舞曲,弹得很生疏,僵硬的手指在琴键上摸索,好像初学钢琴的女学生第一次练习这个曲子。蒂龙吃了一惊,睁大眼睛惊醒过来,感到惶恐。詹米的头往后微微一震,眼睛也睁开了。大家都像冻僵了似的,凝神静听了一会儿。琴声又像开始弹奏那样突然停止,接着玛丽在房门口出现。她在睡衣外面套上了一件天蓝色的大外套,光着脚穿着一双精致的拖鞋,鞋面上还结了绒球。她的脸色比任何时候都苍白,眼睛显得特别巨大,就像两颗闪闪发亮的黑宝石。最离奇的是她那面容似乎恢复了青春,饱经世故的皱纹似乎都被熨斗烫平了。整张脸就像是天真少女的平滑的面具,嘴角带着一丝含羞的微笑。苍白的头发扎成了两条辫子,挂在胸前。她的一只胳臂上毫不在意地搭着一件老式白色缎子的、镶白花边的结婚礼服,一直拖到了地板上,好像她忘记了她手上有这件衣服。她站在门口犹豫了一下,向屋子里的四周扫了一眼,迷惑地蹙了蹙眉,好像有人本来要进来拿东西,可是后来又忘记了,想不起来究竟要拿什么。大家都眼睁睁地望着她。她对待他们似乎只是像她对待那些习以为常、司空见惯的家具、门窗等等屋子里其他的物件一样，因为满脑子都在想别的，以致没有特别注意。）

詹米 （打破了死一般的寂静——痛苦地，但又自我辩解地嘲弄）《哈姆莱特》剧本里发疯的一场。奥菲丽娅登场！（他的父亲和弟弟不约而同地对他怒目而视。埃德蒙手快，反手打了詹米一个嘴巴。）

蒂龙 （抑制的怒气使他的声音颤抖）埃德蒙，好孩子。这个下流的无赖。这样对待自己的母亲！

詹米 （深感内疚地咕哝着，并无怨恨之意）小弟，打得好。我自找的。我刚才不是跟你说过，我多么希望——（他用双手捂住脸孔，抽抽噎噎地哭了起来。）

蒂龙 我向上帝发誓，明天我非把你踢出去不可。（可是詹米的哭泣减消了他的怒气，他反而转过身来，摇摇他的肩膀恳求）詹米，看在上帝的分上，别哭了！

（这时玛丽开口讲话了，他们又像冻僵了似的静听着，瞪眼望着她。她完全没有注意刚才发生的事情。那只不过是这间屋子里习以为常的气氛的一部分。这种背景与她现在全神贯注的事情无关；她大声地对自己说话，而不是对他们说话。）

玛丽 我现在弹钢琴弹得坏极了。我完全没有练习了。特雷莎修女会狠狠地责骂我一顿的。她会告诉我，这样非常对不起我的父亲，他花了那么多的钱让我额外多学几课琴。她的话说得一点不错。我父亲对我那样好，那样宽厚，那样引我为荣，我不好好学琴，可真对不起他。从今以后，我一定每天练琴。可是我的这双手却发生了可怕的事故，手指头已经变得那么僵硬——（她举起双手仔细端详，又惊恐又困惑）指关节完全肿了，多么丑陋。我一定要去校医室，让玛莎修女看看。

（甜蜜地笑了一笑，又亲热又信任）她年纪大了，脾气有点古怪，可是我还是同样喜欢她。她的药箱里有许多药，什么病都可治好。她会给我一种药擦在手上，还要我向圣母祷告，我的这双手一下子就会好的。（她把自己的那双手忘了，走进房间来，手上的结婚礼服顺着地板拖。她模糊地环视了房间四周，又皱起了眉头）让我看看。我到这里来要找什么？真糟透了，我现在那么容易忘事。我总是一天到晚做梦，什么事也忘得一干二净了。

蒂龙 （声音沉闷）埃德蒙，她手里拿着什么？

埃德蒙 （呆呆地）大概是她的结婚礼服。

蒂龙 上帝！（他站了起来，挡住她的去路——苦恼地）玛丽！难道你还没有闹够——？（极力控制自己——温和地说服）来，让我替你拿着。不然的话，你会踩在上面，把它撕坏，拖在地板上也会弄脏的。那样你以后心里又要难过的。（她让他把结婚礼服拿过去，从自己心灵深处远远地注视着他。与他素不相识，既没有爱情也没有怨恨。）

玛丽 （口气既羞羞答答又彬彬有礼，就像一个有过良好教养的少女对待帮助过她的年长绅士一样）谢谢您。您的心太好了。（她注视那套结婚礼服，显得很有兴趣又感到困惑）这是一套结婚礼服。多么漂亮，是吗？（一阵阴影从她脸上掠过，她显得有些不自在）我现在记起来了。我是在阁楼上找到的，原来藏在一只箱子里。可是我不知道我把它找出来干什么。我要去当修女——也就是说，我只要能够找到——（她环视了房间四周，又皱起了眉头）我找的究竟是什么？我知道是我丢失的一件东西。（她从蒂龙身边退了一步，意识到他现在仅是她的出路的障碍。）

蒂龙 （绝望地恳求）玛丽！

（可是无法透过她全神贯注的心事。她似乎没有听见他的话。他绝望地放弃了他的念头，缩了回来，原来想借酒醉壮壮自己的胆子，现在也消失得无影无踪，自己只是头脑清醒，内心懊丧。他把身子倒回在椅子里，手中捧着那套结婚礼服，既显得小心翼翼，又是笨手笨脚的。）

詹米 （把手从脸上放下来，眼睛盯着桌面上，他也突然清醒了过来——呆呆地）爸爸，一点作用也没有。（他背诵斯温伯恩的《告别》中的诗句，背诵得非常动人，只不过字里行间饱含着辛酸的伤感。）

"咱们起身告别吧；她不会知晓。

像大风一样，吹往海里去，

冒着飞沙海沫；有何办法？

毫无办法，一切都是如此，

整个世界是一滴伤心之泪。

怎么会如此，尽管你极力去表露，

她也不会知晓。"

玛丽 （看看四周）我非常惦念这样东西。总不会完全丢失吧。（她开始走动，绕到詹米椅子的后面。）

詹米 （转过身来仰望她的面容——也禁不住照样恳切地央求）妈妈！（她似乎没听见。他绝望地掉过脸去）见鬼！有什么用呢？一点作用也没有。（他又背诵《告别》的诗句，怨声越来越深重。）

"咱们走吧，我的诗歌；她不会听见。

咱们一同走开，不必惧怕；

此刻安静吧，欢唱之时已过，

一切旧事、可爱之事已成过去。

她并不爱你我,尽管你我爱她。

尽管我们像天使那样在她耳中唱歌,

她也不会听见。"

玛丽 （看看四周）我非常需要这样东西,我记得我有这样东西的时候,我从来就不觉得孤单,从来也不害怕。总不会永远失掉这样东西吧,要是我那样想,那只好死去。因为要是那样就完全没有希望了。（她就像梦游者那样走动,绕着詹米的椅背,又转过埃德蒙的背后,然后走到舞台的左前方。）

埃德蒙 （身不由己掉过身来抓住她的胳膊。他央求时,他的口气就像是一个受了委屈的孩子,为难得不知如何是好）妈妈！我患的不是热感冒！我得了痨病！

玛丽 （有一会儿,埃德蒙的话似乎惊醒了她。她全身发抖,大惊失色。她发狂似的喊了一声,仿佛对自己下达命令）不！（她的心思立刻又飘然远去。她轻声细语但又是抱着客观态度自言自语）你还是不要碰我的好。不要拖住我。那是不对的,因为我希望去当修女。（埃德蒙把手松开。玛丽走到左首窗下的沙发前端坐下,脸孔朝前,双手叠着放在膝上,就像一个佯作端庄的女学生的姿势。）

詹米 （怪模怪样向埃德蒙使了一个眼色,既带怜悯又嫉妒地幸灾乐祸）他妈的,你这个大傻瓜。告诉了没有作用。（他又背诵起了斯温伯恩的诗。）

"咱们离开这儿吧,离开,她不会看见。

大家一起再唱一遍；我猜她,

她也记得过去的声音笑貌,

也会跟我们打个招呼,叹口气；

可是咱们离开，走掉，就像从未来过。

唉，尽管众人看见了都觉得我可怜，

她也不会看见。"

蒂龙 （极力摆脱他的绝望的僵呆）唉，我们都是傻瓜，这样在意。其实都是他妈的那种毒品在作怪。可是我从来没有看到过，毒品使她昏迷到这样深的程度。（粗声粗气地）詹米，把那瓶酒递给我。不要再背他妈的那种病态的诗。在我的家里不许背这种诗。

（詹米把酒瓶推给他。他倒了一杯酒，手上那套结婚礼服仍然一丝不乱，他小心翼翼搭在另一只胳膊上，拖搁在膝上，然后又把酒瓶推了回来。詹米给自己倒了一杯，把酒瓶递给埃德蒙，他也倒了一杯。蒂龙举起自己的酒杯，两个儿子也机械地跟着举杯，但是正要喝酒的时候，玛丽开口说话了，他们慢慢地把酒杯放在圆桌上，忘了喝酒。）

玛丽 （如梦如痴地凝视着前方。她的面容显得非常年轻和天真无邪。她大声地自言自语，嘴角处流露出羞怯热切、深信不疑的微笑）我跟伊丽莎白院长谈过了。她是那样和蔼可亲，简直是世上的圣人。我太喜欢她了。也许我不该说，可是我爱她竟胜过了我自己生身的母亲。因为她总是那么了解你，不等你开口她就知道你要说什么了。她那双慈祥的蓝眼睛一直看透你的心坎，你没有法子对她保守秘密。即使你卑鄙到了想要欺骗她，你也是骗她不了的。（她带有一点反抗性地把头一昂——女孩子赌气的拗强样子）尽管如此，我认为这次她就不是那样了解了。我告诉她我想当修女。我向她说明我下了多大的决心要出家当修女，我曾向圣母祷告帮助我下定决心，认为我合适。我告诉院长，当我在湖中小岛上卢尔德的圣母玛利亚神龛前祷告时，亲眼看见了神灵。我说，我确切地知道圣母曾经朝我微笑，并且赞许地赐福于我，就像我确切地知道当时我跪在那里一样。可是伊丽莎白院长说我的决心还不够，还说我必须证明那不仅仅是我脑子里的空想。她说，如果我的决心非常坚定，那么一定不会在乎给自己一个考验：毕业以后先回家去，跟别的姑娘过一样的生活，出去参加宴会，跳舞，过得快快活活；然后，两年以后我依然坚信不疑，我可以回去见她，再谈谈当修女这件事。（她猛地抬起头来——气愤地）我做梦也没有想到院长竟会提出这样的劝告！我听了真是感到震惊。我说我当然会按照她的话去做，可是我明明知道这不过是浪费时间。我离开她以后，我完全搞糊涂了，所以我又去神龛前向圣母祷告，我才感到平安，因为我知道只要对她的信仰不动摇，她会永远爱护我，不让我受到伤害。（她停了一停，脸上显示出一副越来越忧虑的样子。她用手拂了一拂额角，好像挥去头上的蜘蛛网——模模糊糊地）那是我在高中最高年级那一年发生的事。接着到了春天我又发生了一件事。对了，我想起来了。我爱上了詹姆斯·蒂龙，那一阵子感到非常幸福。（她在伤心的幻梦中双眼凝视着前方。蒂龙在椅子上坐立不安。埃德蒙和詹米一直一动也不动。）

〔幕落〕

——全剧终

一九四〇年九月二十日于大道别墅①

---

① 尤金·奥尼尔曾到东方游历。老子的《道德经》对他颇有启发。他回国后在旧金山建造一幢新屋，命名为"大道别墅"，以示对老子思想的向往。

Long Day's Journey into Night